GW00645157

La memoria

1099

Fabio Stassi

Ogni coincidenza ha un'anima

Sellerio editore
Palermo

2018 © Sellerio editore via Enzo ed Elvira Sellerio 50 Palermo
        e-mail: info@sellerio.it
        www.sellerio.it

2018 ottobre quinta edizione

Questo volume è stato stampato su carta Palatina prodotta dalle
Cartiere di Fabriano con materie prime provenienti da gestione
forestale sostenibile.

Stassi, Fabio <1962>

Ogni coincidenza ha un'anima / Fabio Stassi - Palermo : Sellerio, 2018.
(La memoria ; 1099)
EAN 978-88-389-3804-7
853.914 CDD-23

CIP - *Biblioteca centrale della Regione siciliana «Alberto Bombace»*

Ogni coincidenza ha un'anima

Per Angelo

Scrivere è un esercizio di masochismo;
leggere a volte può essere un esercizio
di sadismo, però generalmente è un'occupazione interessantissima.

ROBERTO BOLAÑO

Tu vois, je n'ai pas oublié

Prima parte

A

Mi chiamo Vince Corso. Ho quarantacinque anni, sono orfano e per campare prescrivo libri alla gente. Da sei mesi vivo in questo vecchio lavatoio ristrutturato di via Merulana, con un contratto di locazione a uso transitorio. Frequento solo botteghe di libri usati, non termino più le partite a scacchi che comincio e quando mi va ascolto Gianmaria Testa o una vecchia canzone di Juliette Gréco. Qualche volta vado a letto con un'amica, ma sono già passati un autunno e un inverno da quando ho smesso di credere all'amore. Mantengo però una vecchia abitudine: tutti i giorni esco con Django, il mio cane muto, per spedire una cartolina a mio padre, al solo indirizzo dove so che, almeno per una notte, ha dormito.

Da una settimana, ogni pomeriggio vengo qui, in questa birreria in una strada fuori mano del quartiere dove abito. Le prime volte non l'avevo notata. È un locale di una stanza appena e cinque tavoli, per chi non

13

ama i bar affollati di Monti. Ci capitano solo giovani coppie che non vogliono farsi notare, e a volte gli amici del ragazzo con i tatuaggi che serve dietro al banco, qualche tedesco con la cartina di Roma in mano, un paio di clienti abitudinari come me. Forse si riempie la sera, questo non lo so, perché vado via prima.

Mi siedo sempre allo stesso tavolo, di fianco alla vetrata, e ordino una rossa. Adesso c'è soltanto un uomo con una camicia dello stesso colore delle pareti che scrive su un cellulare. Ogni tanto sorride, e allora butta giù un sorso, contento, e alza gli occhi verso la lunga fila di bottiglie allineate sulla mensola. Poi torna ai suoi affari.

Questo posto mi piace. Per i due ballerini dipinti sulla porta d'entrata. Per il tango o l'habanera che ballano. Per questo sapore di scommessa che dà alla mia attesa. Da qui posso guardare fuori e leggere per ore, senza nessuno che faccia domande.

Non so se chi aspetto verrà. Non so nemmeno se esiste, in realtà. Ma ci torno lo stesso, mi viene naturale. Ho sempre avuto una predilezione per gli appuntamenti mancati, sin da quando ho tirato il primo vagito su questa terra e ad ascoltarlo c'era solo mia madre. Ma lei diceva che le cose impossibili prima o poi capitano, se non si ha paura, né fretta. E che io avevo il dono di farle accadere.

Da bambino, forse. Quando nelle cucine degli alberghi dove mia madre lavorava improvvisavo dei piccoli numeri di illusionismo, ed ero capace di far sparire un piatto sotto a un tovagliolo, e lei e le sue amiche facevano finta di crederci. Ma adesso chi ci crederebbe a un tipo come me, più sgualcito della sua giacca, con un libro aperto sul tavolo e un bicchiere davanti, e tutte queste sedie vuote intorno?

Se soltanto la smettesse di piovere. Un po' di paura ce l'ho, a essere sincero. Ho paura che non ci sia nessun compito da portare a termine. E che questo tavolo resti deserto per l'eternità.

Sarebbe una storia lunga spiegare come ci sono finito, ad aspettare un fantasma. Ma da qui non passa mai nessuno. E così questa storia me la ripeto da solo, per convincermi che avrà una fine.

La penultima paziente era stata una chiromante licenziata da una televisione privata per avere perso il talento di spettegolare sul futuro. L'avevo vista togliersi gli occhiali verde smeraldo, sfilarsi le stanghette dai capelli, toccarsi la fronte con il dorso della mano. E non avevo potuto fare a meno di pensare che tutti quelli che si erano seduti sulla mia vecchia poltrona di pelle, negli ultimi mesi, mi avevano rivolto la stessa avvilita, furibonda e reiterata preghiera.

Mi aiuti, signor Corso.

Mi sarebbe piaciuto dire a ciascuno di loro che sarei voluto diventare un attore un acrobata un musicista, stare sempre in viaggio, e avere molto amore da offrire. Non sapere in anticipo di non poter rimediare a niente.

Ma è questa l'avventura che mi ha dato la vita, non ce ne sarà più un'altra, e allora mi dico di abitare anch'io in un porto, e che pure dalla mia soffitta la gente entra ed esce, e ha le mani sudate, che tremano, e una storia da raccontare.

Penso a cose così, seduto in questa birreria. Le scrivo su un taccuino. Con la regolarità di un contabile, vi registro il resoconto di tutti i miei fallimenti. Poi smetto anche di scrivere. Seguo dal vetro l'ombra di un'ultima macchina solitaria, pago il conto e torno a casa.

Lei è un esperto, no?

Era entrata nella mia monocamera con la stessa imprevedibilità delle prime piogge primaverili. La luce di fine marzo aveva appena sorpreso gli abitanti di Roma fuori dalle stazioni della metro immersi nella febbre di questa città ormai intasata di antenne, lordure e perversioni.

Aveva esaminato l'ambiente con l'involontaria e sovrana indifferenza di cui è capace uno sguardo femminile e in una sola, definitiva, panoramica percepito ogni dettaglio: l'arco delle volte, il manifesto di Buster Keaton che imita Sherlock Holmes, il letto sul soppalco, l'angolo cucina in fondo. Sono sicuro che avrebbe saputo dirmi cosa avevo dentro al frigorifero con un margine d'errore minimo. Non ci voleva molto: una birra aperta e svampita, due uova, una confezione di hamburger vegetali e una vaschetta di panna cotta. La spietata radiografia di una solitudine come tante. Più che a un ambulatorio di biblioterapia, la tana dove mi ero rifugiato somigliava quel giorno alla stanza di uno studente fuori sede, ma non propriamente sul modello degli ostelli nordici.

Accennai un sorriso amaro, senza rispondere.

Mi fissò nella stessa maniera in cui aveva osservato la casa e mi venne una gran voglia di mandare al diavolo quel lavoro che mi ero inventato, il niente che avevo combinato nella vita e quella città sporca e vecchia, più marcia delle sue rovine. Forse ero solo stanco, stanco di tutte quelle sofferenze, stanco della tristezza che ci avvelena, stanco della mia insufficienza.

Giovanna Baldini si sistemò i capelli, di lato. Il vestito nero che indossava le lasciava scoperte le caviglie. Doveva avere qualche anno più di sessanta, ma era ancora una donna molto seducente. Aprì le mani, le richiuse. Non riusciva a stare ferma sulla poltrona e il suo nervosismo finì per infastidirmi.

L'aria della stanza si fece limitata e secca.

Senta, dissi dopo un lungo e imbarazzato silenzio, voglio essere sincero con lei: fino allo scorso anno insegnavo italiano e storia negli istituti superiori, quando mi chiamavano per una supplenza, e questo è tutto, mi dispiace. Non sono un esperto di nulla. Non ho rimedi neppure per il più banale mal di testa. Conosce la sindrome dell'impostore?

La donna non mosse un muscolo.

È un disturbo che si va diffondendo anche tra i miei pazienti. Ma io temo di averla contratta in forma cronica. A ogni modo non si preoccupi, qualunque sia il suo disagio, da qualche parte uno scrittore se ne sarà di sicuro occupato e le basterà entrare in una qualsiasi libreria per scoprirlo.

No, quel pomeriggio non avevo voglia di ascoltare le ragioni di un altro scontento che non avrei potuto alleviare. Né di sentir dire a me stesso, una volta di più, e a voce alta, che bisognerebbe soltanto starsene quieti, imparare ad avere cura, non a curare né a essere curati.

Ma Giovanna Baldini non si alzò dalla poltrona, come avevo sperato. Raccolse il fiato e parlò con un tono distaccato, lontano mille miglia dalle mie inquietudini.

Non ho nessun disturbo da confessarle, si tranquillizzi.

Per quale motivo è qui, allora?

Mi serve la consulenza di uno specialista. La pagherò il doppio della sua tariffa, per tutte le ore che mi vorrà dedicare.

Sollevai una matita dal tavolo. Ammetto di avere avuto sempre un debole per chi parla subito e apertamente di denaro.

Presumo che per intraprendere un mestiere come il suo, avrà letto almeno un buon numero di libri, e soprattutto ne conserverà memoria, non è così?

Tacqui per pudore sui motivi che mi avevano spinto alla biblioterapia. E tacqui anche sul fatto che leggere per me è sempre stato un modo di prendere coscienza dei miei limiti.

È disposto a mettersi alla prova?

Avrei voluto rispondere che negli ultimi mesi non c'era stata ora in cui non fossi stato messo alla prova. Ma preferii mantenere un silenzio prudente e ostinato.

Si tratterebbe di scoprire da quale libro provengono alcune parole. Pensa di esserne in grado?

Giovanna Baldini cercò di spiegarsi meglio.

Se le dettassi delle frasi slegate tra loro, riuscirebbe a risalire al romanzo che le contiene?

Una faccenda di diritti d'autore?

No, si tratta di una questione privata.

Aveva lanciato l'esca. Toccava a me, adesso, decidere se continuare ad ascoltarla o accompagnarla alla porta.

È per mio fratello. Sta perdendo la memoria. I medici lo chiamano morbo di Alzheimer, ma è soltanto un modo di semplificare le cose. Bisognerebbe trovare un nome diverso per ogni malato. È il cervello che si riempie di buchi, lo sa? Prima si perde la memoria a breve termine, poi ogni ricordo. Non c'è una regola: c'è chi diventa aggressivo, chi si deprime, chi smarrisce il senso dell'orientamento. In comune questi malati hanno soltanto lo stesso destino: l'afasia, e presto l'incapacità di badare a se stessi.

E suo fratello come si colloca in questa casistica?

Era già diverso tempo che si confondeva, sbagliava i nomi. Mio marito ci scherzava sopra. Perdiamo tutti qualche colpo, con l'età, non è normale? E invece no, non era normale. Il primo a rendersi conto che qualcosa non andava è stato lui stesso. All'inizio si è chiuso in una orgogliosa malinconia, lontana dal suo carattere. Pensavamo fosse soltanto per lo sconforto di invecchiare. Ma a un certo punto ci ha chiesto di portarlo da uno specialista. Così, una mattina, lo abbiamo accompagnato al Nuovo Regina Margherita: era impaziente di sottoporsi alle prove sulla demenza senile. Vede, mio fratello è più grande di me di oltre vent'anni. È figlio di un matrimonio precedente.

Un matrimonio tra chi?

Dopo essere rimasto vedovo, nostro padre si risposò con una donna molto più giovane.

Assentii. Giovanna Baldini riprese il filo del discorso.

Alla fine della visita un dottore gli chiese di firmare un foglio, ma lui non ricordava come si scriveva il suo nome. Mio marito credette che ci stesse prendendo tutti in giro, perché era sempre stato un gran burlone. Il dottore no. Il dottore lo prese sul serio e gli prescrisse delle medicine. Non servì a molto. Nelle settimane seguenti i suoi comportamenti si fecero ancora più strani. Si arrabbiava perché non riusciva a trovare un libro sugli scaffali, e sosteneva che la colpa era di animali notturni che gli mettevano in disordine la biblioteca e gli nascondevano pure i soldi. Una sera mi telefonò, agitatissimo, pregandomi che gli facessi fabbricare subito una cassa di legno, per quando sarebbe morto, così da tenerla sempre in casa. Ma ci tenne ad aggiungere che non dovevamo fidarci di nessuno, perché tutte le persone avevano dei doppi che si scambiavano tra loro, questo non dovevo dimenticarlo mai. In breve tempo anche il linguaggio iniziò a inquinarsi. Nel mezzo di un discorso saltavano fuori parole che non c'entravano nulla, poi intere frasi, come quando si inserisce un'interferenza mentre si ascolta un programma alla radio. Ci siamo dovuti arrendere all'evidenza: non avrebbe potuto più vivere da solo. Finché è stato possibile, gli abbiamo affiancato una badante, il mese dopo un'altra ancora, perché andava sorvegliato anche di notte. Ma il morbo è avanzato inesorabilmente e, su consiglio del medico che lo ha in cura, siamo stati costretti a ricoverarlo in una clinica qualificata non molto distante da qui, a via delle Sette Sale. A due passi dalla villetta d'epoca dove abitava. Ora se ne sta tutto il tempo a camminare su e giù per un corridoio. Ogni tanto si siede su una sedia, ma quando mi vede scoppia a ridere, nella maniera bella e contagiosa che ha avuto sempre, con gli occhi che si fanno piccoli e il corpo che sussulta in rapidi singhiozzi. Dopo un po', dietro a lui, ridono anche gli altri.

Da quando è cominciata?

Un paio d'anni, non di più. Ma tutto è precipitato negli ultimi mesi.

E che relazione ha suo fratello con il libro che lei sta cercando?

Per tutta la vita ha studiato le lingue. Ha lavorato come interprete, è stato console, ambasciatore, sinologo. Ha girato il mondo: l'Asia, l'Africa, il Sud America. Le lingue sono la sua passione, ma forse ormai dovrei usare il passato remoto. Nella sua casa possiede una biblioteca che farebbe invidia a qualsiasi ateneo. Volumi del Sei e del Settecento, e innumerevoli testi che aveva sottratto, diceva con orgoglio, ai falò della rivoluzione culturale cinese e che forse non esistono più da nessun'altra parte del mondo. Soltanto di vocabolari ne ha collezionati di ogni tipo: urdu, tamil, swahili, zulu...

Gli piaceva vedere la forma che la stessa parola prendeva in ogni paese.

Giovanna Baldini si toccò gli occhi, poi tornò a fissarmi.

Riempiva sempre quaderni di alfabeti incomprensibili. Amava la letteratura e si vantava di poter leggere i poeti di almeno sette paesi diversi in lingua originale. Il mandarino lo parlava correntemente, come quasi tutte le lingue romanze, comprendeva l'arabo. È un vero spreco che tutte queste conoscenze le stia per perdere o le abbia già perse.

Posai la matita sul tavolo.

Suo fratello è stato molto sfortunato.

Sì, pensi che i traduttori o chi esercita le lingue sono tra le categorie meno colpite dall'Alzheimer al mondo.

Ma non mi ha ancora risposto. Che relazione ha con il libro che sta cercando?

Quando le sue condizioni sono peggiorate, ci ha dato spesso l'impressione che avesse qualcosa di molto importante da dirci. Si sforzava, lottava con le parole come con delle bestie impazzite che non sapeva come ammansire. Ma alla fine doveva cedere, stremato. Tutto quello che riusciva a mettere in fila erano soltanto delle sillabe spezzate e insignificanti. Adesso non ci prova più. Per un poliglotta come lui, perdere il linguaggio è stato il peggiore scherzo che il destino potesse giocargli. Come se un musicista non potesse più usare le mani. Ma da qualche giorno ripete alcune frasi, sempre le stesse, senza incepparsi. Frasi che non hanno nessun legame tra loro. L'effetto è quasi comico. Somigliano a una filastrocca incoerente, cucita insieme a un paio di imprecazioni. Chissà da quale pozzo le ha recuperate, se appartengono a lui o a qualcun altro. Tutti abbiamo pensato che siano frammenti che scaturiscono dalla sua infanzia. Finché a un dottore, un pomeriggio, durante una visita, è scappata un'osservazione: quest'uomo ha letto troppo, ha detto. E mi è venuto il dubbio che le frasi che ripete siano in realtà delle citazioni. È per questo che sono venuta da lei. Sono convinta che appartengano a un romanzo. Mio fratello era un lettore vorace, non ci sarebbe niente di strano se avesse mantenuto la traccia anche di un solo libro tra tutti quelli che ha letto nella sua vita. Dicono che la malattia lasci intatta soltanto la memoria musicale, ma forse la letteratura occupa la stessa parte del cervello. Poteva citarti a braccio lunghi passi di molti classici. Gli *Annali delle primavere e degli autunni*, l'*Iliade*, l'*Odissea*, Orazio, il *Faust* di Goethe in tedesco, una grande quantità di poesie. È solo un'ipotesi, ma se questo libro esiste, ci terrei a sapere qual è. E se lei lo trovasse, potrei leggerglielo a voce alta, qualche pagina al giorno. Questo non arresterà il decorso del morbo, ma lo potrebbe rallentare, visto che è una delle ultime cose che ricorda. Sono sicura che sarebbe un ottimo esercizio, e che darebbe dei benefici.

Giovanna Baldini estrasse un foglio dalla tasca.

Qui le ho trascritto l'elenco di queste parole misteriosamente riaffiorate sulla sua bocca. Sono una trentina in sei frasi. Purtroppo non ho altre informazioni.

Ma è inutile che si affanni a interrogare Google: può provare con tutte le combinazioni che vuole, non esce niente.

Pensai che non era una storia più insolita di quelle che avevo ascoltato nelle ultime settimane.

So bene che è un tentativo che non ha né capo né coda e che non mi porterà da nessuna parte. Ma sono molto affezionata a lui. È stato un vero fratello, non un fratellastro. Mi ha insegnato che soltanto in italiano e in spagnolo si usa questa parola: fratellastro, *hermanastro*. Nelle altre lingue l'espressione è un'altra: *half-brother*, *demi-frère*. Mezzo fratello. Per me, per la verità, è stato un quasi-genitore. Le volte che mi veniva a prendere a scuola, tutti i miei compagni pensavano fosse mio padre. Ma a me piaceva lasciarglielo credere. Finché è stato a casa, mi ha sempre protetta, e aiutata. Mi ha insegnato a leggere. Giurava che nessuno aveva una sorellina più bella di me, e quando iniziò a viaggiare non mancava mai di scrivermi o di portarmi dei regali. Man mano che crescevo, mi mandava pure dei soldi. Di qualsiasi cosa avessi avuto bisogno, avrei potuto chiedere a lui. A proposito, prima che me ne dimentichi: questo è un anticipo, per il tempo e le spese.

Posò sul tavolo un acconto considerevole e si alzò dalla poltrona di pelle.

Spero proprio di risentirla presto.

Mi tirai su anch'io. Era una cifra esagerata.

Mi perdoni, signora Baldini, ma non sono la persona adatta, mi creda. Il suo è un rompicapo che non ha nessuna probabilità di essere risolto. Prenda un romanzo qualsiasi e glielo legga, a suo fratello farà piacere lo stesso.

Per quanto mi costasse farlo, allungai verso di lei le banconote che mi aveva offerto.

Giovanna Baldini ignorò il mio gesto.

La prego, ci tengo molto e non so più a chi rivolgermi. Ha il mio numero. Se per caso le viene un'intuizione, mi chiami, a qualsiasi ora.

Si avviò prima che potessi fermarla. Sentii lo scatto della porta ripercuotersi nella stanza come un'aritmia e io restai in piedi, al centro della camera, solo, goffo e senza parole. Django si strusciò sulle mie gambe reclamando una carezza sul lungo muso scuro.

Posai un dito sulla scanalatura che dai suoi occhi scendeva verso il naso e iniziai a massaggiarla. Poi cercai un vecchio disco dei Noir Désir, *Le vent nous portera*, lo misi sul piatto, alzai il volume.

B

Pendant quelques instants secrets
A celles qu'on connait à peine

Appena Giovanna Baldini uscì da quella porta, sentii una gran voglia di scrivere a Marta, la mia migliore amica. Perché non bisognerebbe mai perdere tempo, ma sbrigarsi a dire le cose che contano a chi si deve. Avrei voluto scriverle cose tenere, e disperate, dirle che lei era la compagna che non avevo avuto, e che a volte mi mancava, ma non come manca un'amica. Mi mancava la sua voce, il suo modo di ridere, la sua faccia sopra di me, nell'aria svelta della mattina, e il cielo del quartiere, dopo che era andata via.

Era un pensiero che mi prendeva spesso. Ma poi non scrivevo nulla, mi appoggiavo al davanzale, mi accendevo un'altra sigaretta e mi perdevo nel fumo, come se alla fine, da quando Serena mi aveva lasciato, mi piacesse avere una solitudine da contemplare, e sentire il vuoto della casa dietro, e solo i passi di Django, nell'appartamento. Come se quella solitudine fosse l'unica cosa che avessi portato a termine, nella vita, e la dovessi difendere, anche se aveva il sapore metallico che ti lascia il sangue sulle labbra, dopo una ferita. O forse era

Marta l'unica persona che meritava di essere protetta dall'umore tetro che a volte mi assaliva, dai miei libri, dalle canzoni francesi. Questo avrei voluto scriverle: vorrei proteggerti, Marta, ma non ne sono capace.

Ancora non so chi e cosa sono venuto ad aspettare in questa birreria. Forse soltanto qualcuno che non arriverà. Come quando da ragazzo davo appuntamenti impossibili alle donne che incontravo nei romanzi e speravo che da un lettore infantile come me prima o poi si facessero vedere.

Da sempre, da quando ho imparato a leggere, non ho fatto altro che mettere in ordine libri, e i libri, in cambio, mi hanno incasinato la vita. Nella mia casa sono sparsi in ogni angolo. Schierati uno sopra l'altro, di traverso, in bilico. Per metà sporgono tutti fuori dalle assi di dieci centimetri che ho imbullonato l'una con l'altra e fissato a muro e sembrano dondolare nel vuoto.

La sistemazione che gli ho dato è naufragata in pochi mesi. Le storie che parlano d'amore non corrisposto si sono mischiate a quelle sugli adulteri, i romanzi sul veleno della vecchiaia ai classici dell'adolescenza. Chissà dove sono finiti il giovane Werther e il giovane Holden, Milady e Rossella O'Hara, il tenente Ferraud e l'abate Faria. Ricordare le copertine aumenta soltanto la frustrazione.

Ogni volta che mi serve un libro di cui conservo in testa un indizio confuso, ma che so di possedere, perdo una gran quantità di tempo nel ritrovarlo. E se ci riesco è solo per un colpo di fortuna.

Anno dopo anno, ho accumulato una discreta biblioteca, soprattutto curiosando sui banchi degli antiquari, ma non possiedo nemmeno una mensola su cui lasciare le chiavi di casa, la notte. O da riempire di fronzoli inutili, di fotografie, di altre cose da nulla. Ho ridotto lo spazio all'essenziale, e quest'appartamento al quartier generale di tutte le mie amnesie.

Da molto tempo vivo in un universo infestato da spettri. La mia memoria è alluvionata di indici, frontespizi, quarte di copertina. Ha perso la forma e i contorni dell'esperienza tangibile. Ogni libro che leggo è un metro di terra che sottraggo alla realtà.

Eppure continuo ad amare la letteratura di un amore sconsiderato, a ricevere i miei pazienti, a dare, per quel poco che conta, un ricovero passeggero ai loro dispiaceri, convinto che non ci sia gesto più umano che leggere e che anche per errore un libro possa essere medicamentoso. Ma le parole degli altri non possono salvare nessuno se non diventano le tue.

Dalla strada salì un odore di cumino e di altre spezie indiane. Iniziava dalla mattina, ma alla sera diventava più forte.

Tirai fuori una delle cartoline inamidate che conservo nel baule, e cominciai a scrivere con rabbia una poesia che da ragazzo avevo imparato per intero, e che ora ricordavo soltanto a pezzi, e al contrario. Ma non a Marta, a mio padre, o dovrei dire meglio allo straniero che una notte involontariamente mi aveva concepito e che poi era svanito nel nulla.

Non ti salvare, padre,
che ti riempia l'angoscia.
E non ti sia possibile nasconderti da nessuna parte.
E che tu abbia sempre delle labbra che si possano spezzare
o prendere a pugni.
E non ti sia mai facile prendere sonno.

Avrei voluto infrangere il vetro che mi aveva isolato dal mondo. Avrei voluto *infrangermi* contro qualcosa, tagliarmi le mani. Mi infilai invece le scarpe, presi un pacchetto di Gitanes dalla scrivania, legai Django e uscii a imbucare la cartolina nella cassetta postale.

In questo quartiere vanno a passeggio solo i fantasmi, la notte. I portici della piazza sono sempre deserti, le saracinesche dei negozi serrate, le scale che portano alla metropolitana chiuse da un cancello. Persino i disegni e le scritte sopra i portoni assumono un'aria triste e desolata.

Ogni tanto qualcosa si muove. Un animale scantona dietro una colonna. Un uomo seppellito da una coperta muove un braccio. Un altro si abbottona i pantaloni in un angolo. Ma sono soltanto delle intermittenze nella luce sabbiosa della piazza. Come il riflesso elettrico dei tram proiettato su un muro. Ombre passeggere, come la mia.

La mattina dopo restai a letto fino a tardi. Avevo sognato di fare un lungo viaggio su un treno regionale: a ogni fermata, entrava un funzionario delle ferrovie con una benda nera su un occhio e mi chiedeva il biglietto. Guardavo nelle tasche dei pantaloni, nel portafogli, nello zaino, ma soltanto dopo una lunga e tormentata ricerca riuscivo a trovarlo. Lo esibivo rasserenato, ma il capotreno si calava il cappello sulla fronte e con un cenno eloquente mi segnalava che avevo lasciato vuoto lo spazio del nome. A questo punto cominciavo a sudare, imbarazzato, come se avessi rubato il biglietto di un altro e qualcuno mi avesse scoperto. In realtà, non ricordavo come mi chiamavo, ma mi vergognavo di ammetterlo. Il treno intanto ripartiva, e il controllore si allontanava per andare a chiamare le forze dell'ordine. Io allora attraversavo a passi svelti il vagone, e poi quello seguente, e poi l'altro ancora, guardandomi indietro. Gli altri passeggeri mi osservavano insospettiti, ma tutti mi lasciavano passare.

Mi alzai ancora scombussolato e mi affacciai alla spalla di legno del soppalco. Una striscia pallida di sole penetrava da una delle due finestre allungandosi fino all'orlo della scrivania e confondendosi con le linee del tappeto. Fuori, a poche decine di metri, transitavano pullman dalle grandi scritte pubblicitarie, e si accendevano e si spegnevano semafori, e camminava una folla di turisti e di sventurati, ma tutto quel movimento giungeva fino alla mia soffitta attutito e remoto, come se appartenesse a un'altra città, a un altro inquilino.

Il foglio che mi aveva portato Giovanna Baldini lo avevo sepolto in un cassetto, insieme ai soldi. Scesi giù e mi buttai sotto la doccia. A Serena non piaceva l'acqua calda. Dovevo sempre stare attento, che non si scottasse. Ma in questa casa Serena non c'era mai stata, e allora lasciai che l'acqua diventasse bollente e mi bruciasse la pelle. La feci correre finché la cabina non si saturò di vapore, poi chiusi il rubinetto e me ne restai per un po' a insaponarmi la schiena.

L'ora in cui la gente fa colazione era passata da un pezzo. Sarei potuto già scendere a cercare qualcosa da mangiare. In quegli ultimi mesi, non mi erano mai mancate birre né sigarette, e forse per la prima volta nella mia vita non ero in debito con nessuno. Eppure, tolti l'affitto, la tintoria, le lavatrici a gettone, i ristoranti cinesi e qualche vecchio disco, restavo tenacemente in rosso. Tirai fuori una Ichnusa dal frigo e mi sedetti alla scrivania. Nonostante la primavera appena iniziata, il freddo delle ultime settimane non dava tregua.

Aprii il cassetto. Se Giovanna Baldini non li aveva voluti indietro, i suoi soldi, era perché li considerava a fondo perduto. Non glieli avrei mai restituiti, questo lo sapeva anche lei.

Stirai il foglio che mi aveva lasciato con una mano. Se si trattava della pagina di un romanzo, erano state cancellate molte righe.

La prima frase mi colpì come se fosse entrato in casa uno dei mendicanti che chiedevano l'elemosina sotto i portici della stazione, con un sacco marcio in spalla e le mani fasciate, e mi avesse rivolto la parola:

«Anche lei è andato a fondo».

Seguivano delle affermazioni di orgogliosa sopravvivenza:

31

«Sono ancora qui».

Un'assurdità:

«L'orso che mi andava a comprare il giornale».

Delle preghiere:

«Per favore, lo faccia un'altra volta».

E due imprecazioni:

«Dichiaro 28, merda!».

«Cazzo, che spavento mi sono preso».

A leggerle in sequenza o a scambiarle di posto non si ricavava molto. Eppure avevano una musicalità comune. Sembravano gli stracci di una sola valigia.

Erano davvero quello che restava della memoria scempiata di un uomo? Ma che cosa era andato in pezzi, tra loro? Quale disegno nascondevano? E che mancava, nel mezzo, o era stato cancellato?

Le guardai e riguardai.

Così sconnesse e isolate su quel foglio, mi fecero pensare alla tecnica del *caviardage*. A scuola l'avevo usata spesso. Con i ragazzi fotocopiavamo dei brani famosi dai *I promessi sposi*, per esempio l'incontro tra Don Abbondio e i Bravi:

– Lei ha intenzione, – proseguì l'altro, con l'atto minaccioso e iracondo di chi coglie un suo inferiore sull'intraprendere una ribalderia, – lei ha intenzione di maritar domani Renzo Tramaglino e Lucia Mondella!

– Cioè... – rispose, con voce tremolante, don Abbondio: – cioè. Lor signori son uomini di mondo, e sanno benissimo come vanno queste faccende. Il povero curato non c'entra: fanno i loro pasticci tra loro, e poi... e poi, vengon da noi, come s'anderebbe a un banco a riscotere; e noi... noi siamo i servitori del comune.

– Or bene, – gli disse il bravo, all'orecchio, ma in tono solenne di comando, – questo matrimonio non s'ha da fare, né domani, né mai.

– Ma, signori miei, – replicò don Abbondio, con la voce mansueta e gentile di chi vuol persuadere un impaziente, – ma, signori miei, si degnino di mettersi ne' miei panni. Se la cosa dipendesse da me,... vedon bene che a me non me ne vien nulla in tasca...

– Orsù, – interruppe il bravo, – se la cosa avesse a decidersi a ciarle, lei ci metterebbe in sacco. Noi non ne sappiamo, né vogliam saperne di più. Uomo avvertito... lei c'intende.

– Ma lor signori son troppo giusti, troppo ragionevoli...

– Ma, – interruppe questa volta l'altro compagnone, che non aveva parlato fin allora, – ma il matrimonio non si farà, o... – e qui una buona bestemmia, – o chi lo farà non se ne pentirà, perché non ne avrà tempo, e... – un'altra bestemmia.

– Zitto, zitto, – riprese il primo oratore: – il signor curato è un uomo che sa il viver del mondo; e noi siam galantuomini, che non vogliam fargli del male, purché abbia giudizio. Signor curato, l'illustrissimo signor don Rodrigo nostro padrone la riverisce caramente.

Questo nome fu, nella mente di don Abbondio, come, nel forte d'un temporale notturno, un lampo che illumina momentaneamente e in confuso gli oggetti, e accresce il terrore. Fece, come per istinto, un grand'inchino, e disse: – se mi sapessero suggerire...

Poi prendevamo un pennarello nero a punta gros-
sa e cominciavamo a cancellare lunghi passi, o frasi,
lasciando in chiaro soltanto alcune parole che messe
in fila finivano per formare delle altre, insospettabi-
li, catene di significati:

il mondo

come lampo illumina

Alla fine ricopiavamo il risultato:

chi ha voce gentile e buona
il mondo
come lampo illumina.

I miei studenti si entusiasmavano sempre, ogni volta che li invitavo a questo gioco, e credo che fosse soprattutto per la libertà di distruggere un testo a cui pensavano di dovere invece un rispetto sacrale. Ma presto, togliendo intere parti del discorso, imparavano a isolare i pezzi, a maneggiarli, a impadronirsi della scacchiera. All'inizio, con una furia sterminatrice, sovvertendo i caratteri dei personaggi, e le situazioni, poi allontanandosi sempre di più dall'originale, usandolo per dire altro, e infine tornando a interrogarlo, come se fosse un rebus.

I più capaci ottenevano dei risultati sorprendenti. E questo li incantava. Non di rado, incuriosito, qualcuno si leggeva pure il capitolo che aveva smantella-

35

to, per vedere se racchiudesse per davvero quello che aveva scoperto.

Possibile, si chiedevano tutti, sconcertati, che una pagina qualsiasi di un romanzo contenga tante cose diverse, opposte e distanti, o unite per contrasto?

Un paragrafo de *I promessi sposi* si trasformava in un paesaggio stravolto, come se si fosse rotta una diga, a monte, e l'Adda avesse riversato dappertutto rami tronchi detriti. Di fronte a un testo tanto sfigurato, mi veniva facile dimostrare visivamente ai miei alunni cos'era in realtà quel libro: un romanzo di cataclismi, anzi il romanzo dei nostri cataclismi nazionali, una storia biblica di diluvio, peste e strapotere, prima che di qualsiasi provvidenza o salvezza.

Sotto quella luce nuova, gli occhi dei ragazzi si illuminavano, come se fossero stati sorpresi da un'intenzione che non avevano considerato, e che li spiazzava, liberando finalmente Manzoni dall'insopportabile gabbia edificante in cui lo avevano recluso. Ogni sua pagina poteva diventare un'imprevedibile poesia d'amore, una filastrocca per bambini, il manifesto di un circo.

A volte portavo in classe un vecchio manuale da gettare al macero, e allora il divertimento diventava ancora più irresistibile perché non c'era gioia più grande che fare a pezzi un libro di testo. Lo chiamavamo il gioco del caviale, perché questo vuol dire *caviardage*: rendere tutto nero, più nero delle uova di storione. *Cavialeggiare*. Però del poco che restava, di ogni singola parola superstite, alla fine si prendevano cura come se fosse stata il loro animale domestico più caro.

Capivano da soli che ogni parola poteva essere decisiva per il nostro destino futuro. E non bisognava sprecarla. Così non avevo bisogno di dirgli che era questo ciò che fanno i poeti, perché l'avevano appena sperimentato.

Andai alla finestra. Nel vicolo un frate entrò veloce in una porticina. Forse anche la memoria di un malato di Alzheimer, pensai in quella mattinata fredda e inoperosa, era un libro pieno di cancellature. Ma come potevo ripristinare tutte le parole assenti? E quelle che avevo appartenevano per davvero a un solo romanzo? Sarei stato in grado di stabilirlo partendo da così poco?

Provai a ricopiare tutto su uno dei miei taccuini e a tracciare delle lunghe strisce con un pennarello. Se volevo ricomporre l'invisibile capitolo che comprendeva quelle frasi, dovevo operare al contrario. Tentare un *caviardage* alla rovescia. Reinserire le righe nere al posto degli spazi vuoti e vedere cosa ne usciva fuori.

Ma qualunque illazione non aveva alcun fondamento di fronte alla mente inferma e sconvolta di un vecchio. Potevo contare soltanto sul fatto che i lettori di narrativa tendono a ricordare meglio un episodio piuttosto che una serie di espressioni slegate. Almeno secondo la mia esperienza.

Molto probabilmente una stessa scena legava tutte quelle frasi. Ma l'impianto indiziario era troppo debole per scommettere che si trovassero nella stessa area geografica, ossia nell'arco di una, due o al massimo tre pagine.

Tuttavia, ricostruire un brano possibile di un libro ipotetico mi costringeva a immaginare lo spazio. Dopo diversi tentativi, decisi che quella pagina avrebbe potuto presentarsi così:

Anche lei è andato a fondo.

Sono ancora qui.

L'orso che mi andava a comprare il giornale

Per favore, lo faccia un'altra volta.

Dichiaro 28, merda!

Cazzo, che spavento mi sono preso.

Riguardai il risultato. Quelle parole avevano un potere ipnotico su di me, che le macchie nere amplificavano. Erano il graffito di una mappa andata in cenere.

Nonostante quello che mi aveva detto la signora Baldini, tentai lo stesso una ricerca su Google, digitandole una per una, tra virgolette, e poi tutte insieme, ma il risultato rimandava a film che non c'entravano nulla, canzoni di Mina, circhi svizzeri.

Per tutto il resto della mattina, non feci altro che estrarre romanzi dalla mia libreria e aprirli a caso, nell'irrazionale speranza di imbattermi in una di queste righe. Ma presto il niente che avevo nello stomaco iniziò a darmi fame. Il pomeriggio avrei dovuto lavorare. Decisi così di andare a prendere un piatto di pollo al *take away* nepalese dopo la piazza.

Avevano allargato l'interno, aggiunto qualche tavolo. Mi sedetti vicino alla vetrata e ordinai una birra. Di tanto in tanto, scendeva per la strada qualche passante. Una mamma africana con un bambino. Una bicicletta. Ma non ci facevo caso.

Non feci caso nemmeno a un ragazzo che tentò di rubare la borsa di una donna seduta due tavoli dopo il mio. L'allarme lo diede il piccolino che serviva, uno *sherpa* con due baffi colore della neve sporca, e il ragazzo fece appena in tempo a correre via, a mani vuote, e a disperdersi nella folla sotto al colonnato.

A casa cercai di soffiare un po' dentro al clarinetto, per svuotarmi la testa, ma non mi uscì una nota. Neppure il ritmo di *On ira* di Zaz mi distrasse. Mi stesi allora sul divano, ad aspettare la prossima paziente, con un vecchio «Peanuts» sulle gambe.

C

Qu'un destin différent entraîne
Et qu'on ne retrouve jamais

Non riesco a dimenticare, signor Corso.

La donna che mi sedeva davanti non aveva meno di settant'anni. Ma non era di quelle che alla sua età vanno sempre dal parrucchiere prima di uscire. Due profonde rughe le incidevano il viso, come se non avesse dormito. Si chiamava Angela.

Cos'è che vorrebbe dimenticare, signora Angela?

Cominciando dall'inizio?

Come vuole.

La faccia di mio padre, certe sere. L'edificio in cui sono andata a scuola. Una chiesa piena di gente. La tovaglia che usavamo a cena. Mio marito che scaraventa un accendino per terra.

Sono già un mucchio di ricordi.

Potrei continuare.

Prego.

Preferisco risparmiarle tutte le brutte figure che ho fatto, ma le rammento una per una, con una precisione tale che mi sembra ogni volta di riviverle. Sono come dei sogni, o meglio degli incubi, che continuo a fare a occhi aperti. Per me la memoria è una costante vergogna. Non ho mai capito perché le diamo tanto valore. Starei molto meglio se potessi togliermi per sempre dalla testa tutti gli errori che ho commesso, tutte le parole che avrei dovuto dire e non ho detto, e quelle che invece sarebbe stato meglio tacere.

Ne è così sicura?

Non ho nessuna religione del ricordo, mi dispiace. Non ha senso mettere a fuoco il passato. Il tempo è una porta che si chiude e ha un solo verso. Tutto accade una volta e basta, e genera conseguenze, episodi totalmente occasionali, eventualità che potevano girare in un altro modo.

Quella donna mostrava lo stesso stupore di un'adolescente che scopre per la prima volta il potere del caso. Mi fece quasi rabbia e le chiesi senza nessuna cautela se fosse davvero così insoddisfatta di come le erano andate le cose.

Sì, non sono per niente soddisfatta. Ma non è vittimismo. Sono stata una persona molto ipocrita, anche con me stessa. È soltanto che certe dinamiche avrei dovuto capirle prima, e correggerle. Invece le ho soltanto subìte.

Parlava con un tono definitivo, che non lasciava spazio all'esercizio della recriminazione. Era arrivata alla riga dei totali, e dava l'impressione di averci riflettuto a lungo. Tuttavia, volli farle ancora una domanda.

Non crede che se fosse stata costretta a perderli, i suoi ricordi, avrebbe dato loro più valore?

Se si potessero vendere a un rigattiere come dei vecchi e inutili soprammobili, l'avrei già fatto, mi rispose.

Ha le idee molto chiare.

La vita è fatta di paradossi: sono convinta che chi esalta la memoria, ossia la gran parte del genere umano, sia anche quella che ricorda meno.

È probabile.

Il passato non è mai stato un luogo più felice e invidiabile del presente. Ne abbiamo soltanto dimenticato i dolori e le preoccupazioni. Chissà quante volte l'avrà sentito dire. Consumiamo una grande quantità di tempo a mitigarli, i ricordi, a ridurne la violenza, a fabbricarne sempre di nuovi. Ma tutto questo ci indebolisce. In questa stanza avrà fatto una discreta esperienza di gente che si racconta, immagino, ogni volta da capo, per cercare di somigliare a quello che crede di essere e non è mai stata. Non è così? A completare l'inganno ci pensa il tempo: quando avrà gli stessi anni che ho io sulle spalle capirà che la memoria non è che il rimpianto per la nostra giovinezza fisica, tutto qui.

Lei non ne ha nostalgia nemmeno un po'?

Rammento troppo bene quell'età per rimpiangerla.

Provai una grande sensazione di disagio. Ma non erano le parole senza speranza di quell'anziana signora a farmi male, era la voce.

Come avrà capito, signor Corso, detesto la nostalgia in ogni sua forma.

Non c'era bisogno di aggiungere nulla.

In che modo crede che possa esserle utile?

La domanda era di una banalità sconcertante, eppure non trovai nulla di più sincero. Che libro avrei potuto suggerire a una donna che non riesce a dimenticare, io, proprio io, che alla nostalgia mi ero consacrato prima ancora di avere qualcosa per cui valesse la pena provarla?

Lo sa come mi chiamavano, a casa, i miei parenti? disse la signora Angela.

Negai con il capo.

La *memoriosa*. Era il loro modo di prendersi gioco di me. Oggi la *memoriosa* che cosa ci ricorda? ripetevano, e scoppiavano a ridere. Mi mettevano alla prova. Eh, *memoriosa*, come eravamo vestiti l'anno scorso? Tu che la sai lunga, era in questa stagione che zio Frank se ne andò in America? Ogni volta una raffica di domande, per impressionare chi veniva a trovarci e non poteva credere che ricordassi tutte quelle cose. Esiste una cura per questa malattia, signor Corso? Perché, le assicuro, ricordare tutto nel modo in cui lo ricordo io è senz'altro un malanno.

Abbassai gli occhi e tolsi il tagliacarte dal portapenne.

Una storia la conosco, dissi. Ma è molto simile alla sua.

Me la racconti.

È la storia di un ragazzo per il quale la memoria era una sventura.

Vada avanti.

La sua prima qualità era quella di sapere sempre l'ora come un orologio. Possedeva un'infallibile percezione del tempo. E poi gli piaceva fissare gli alberi. Con un solo sguardo poteva dire l'esatto numero dei tralci, dei grappoli e degli acini di una pergola. Gli bastava vedere qualsiasi cosa una volta sola per non dimenticarla più. Era in grado di collegare tutto a distanza di anni, di ricostruire una giornata intera per filo e per segno, occupazione alla quale però doveva dedicare un'altra giornata. Diceva che la sua memoria era come un deposito di rifiuti e di avere più ricordi di tutti gli altri uomini messi insieme, perché non rammentava soltanto le singole foglie di un albero ma tutte le volte che le aveva viste o sognate. Nessuno poteva sapere quante stelle vedesse nel cielo, di notte, e per poter tenere a mente con maggiore facilità le cifre più grandi aveva dato dei nomi ai numeri. Aveva anche imparato senza sforzo diverse lingue. Ma presto iniziò a diffidare delle parole, per la loro insopportabile imprecisione. Niente si poteva riassumere in poche sillabe. Ogni volta che si guardava allo specchio, era già cambiato. Nessuno percepiva più di lui le trasformazioni che il tempo opera. Ma presto il tempo stesso diventò una successione troppo grande di istanti per essere registrati tutti, e gli tolse il sonno.

Immagino che questa storia non abbia un lieto fine. Lo vuole sapere?

Sì.

Il ragazzo morì a vent'anni di congestione polmonare. Non mi interessa se leggerà o no questo racconto, ma mi prometta almeno che cercherà di essere prudente.

Si preoccupa per me?

Tutelo soltanto la mia clientela.

Mi dica allora l'autore e il titolo della storia.

Rimisi il tagliacarte al suo posto.

Non posso.

Perché?

Non lo ricordo.

Mi sta prendendo in giro?

Le giuro di no.

Rammenta tutta la storia, ma non l'autore?

Provai a schermirmi, ma non potevo che ammettere la verità. Per fortuna, la signora Angela si mise a ridere.

Per questo si stava dilungando? Prendeva tempo?

Abbassai la testa.

Ma è davvero sicuro che sia così importante, signor Corso?

Sapere il nome dell'autore?

Non crede che sia più importante stabilire cosa è stato detto, e non da chi?

Una vera ondata di riconoscenza mi risalì il sangue fino a inumidirmi gli occhi.

Ha un bel modo di sorridere, disse lei, molto cinematografico. Poi si alzò e posò i soldi che avevamo concordato sulla scrivania.

Ma non le ho prescritto nessun libro, protestai.

Non serve. Accetti soltanto il consiglio di una vecchia signora: con questi soldi faccia lavare le tendine di quelle finestre.

Guardai verso l'angolo cottura, in fondo alla stanza, e mi vergognai come uno studente universitario al primo affitto.

Glielo prometto, mormorai, ma la mia paziente era già uscita.

D

A celle qu'on voit apparaître
Une seconde à sa fenêtre

Nonostante il freddo, il giardino della ex Caserma Sani era pieno di studenti. Ogni tanto mi fermavo lì, a mangiare un panino preso al mercato. Mi sedevo sul bordo dell'aiuola centrale, sotto una scultura di bronzo, e mi mettevo a guardare.

Quell'edificio ospitava il Dipartimento di Studi Orientali della prima università di Roma. In un lato del cortile troneggiava una statua di Confucio, in peperino; accanto, era stato piantato un alberello della pace, portato fin lì da Nagasaki.

Avevo in tasca il mio *caviardage* alla rovescia e non facevo altro che pensarci. Due ragazzi si alzarono, ripresero gli zaini da terra e si diressero verso la biblioteca. Li vidi entrare dalla porta a vetri che avevo di fronte. Da fuori si distinguevano le scaffalature rosse che arredavano ogni parete fino al controsoffitto.

Scusi, ha per caso trovato un telefonino nero? mi chiese alle spalle una voce femminile.

Mi voltai. A chiedermelo era stata una donna cinese.

No, mi dispiace.

Ero seduta qui, poco fa, dove ora è seduto lei.

Mi alzai per controllare. Nonostante cercasse di dominarsi, la donna era molto agitata.

Lo ha perso?

Spero proprio di no.

La osservai meglio. Era alta quanto me, ma molto più magra. Provammo a vedere se le fosse caduto lì intorno.

Dov'era prima di venire qui?

In aula.

È una professoressa?

Sono una lettrice di lingua cinese. Ma sulla cattedra non c'è.

Vuole che provi a chiamarla?

Sì, grazie.

Tirai fuori dalla tasca dei pantaloni il mio cellulare made in China che avevo comprato sotto i portici solo un mese prima. La donna mi dettò il numero. Lo digitai sulla tastiera, ma il telefono risultava staccato o spento.

È sicura di non essere andata da nessun'altra parte?

La voce adesso le tremava.

In biblioteca. Ma non credo di averlo dimenticato lì.

Non si sa mai, la accompagno.

Mi incamminai con lei.

Al bancone c'era un ragazzo con i capelli corti. Ci disse che proprio la settimana precedente avevano rubato lo smartphone a uno studente. L'ultimo modello della Apple. I genitori glielo avevano regalato prima che partisse per l'Erasmus in Corea.

La donna aveva fatto quella mattina delle ricerche su una banca dati cinese sul pc dell'ultima stanza. La postazione era occupata, ma del telefono nessuna traccia.

Scese anche la guardia dell'edificio e confermò la presenza di un ladro, nella zona. Ne era stata vittima anche la docente di letteratura giapponese, al bar di fronte l'università. Le era bastato aprire la borsa per pagare un caffè.

La guardia sostenne di sospettare di un indiano che transitava spesso da quelle parti e che andava in giro a chiedere l'elemosina con un cartello plastificato. Una mattina l'aveva pure inseguito per intimargli di non farsi più vedere, ma non ce l'aveva fatta a raggiungerlo.

Non è facile correre con questa divisa addosso, disse.

La lettrice era sul punto di piangere.

Ho i numeri di tutta la mia famiglia, in Cina. Non li ho mai salvati.

La accompagnai di nuovo verso il centro del giardino. Tenevamo gli occhi bassi, nella speranza di riconoscere una forma scura, per terra, ma senza troppa convinzione. Verso l'aula magna e le altre aule del primo piano saliva una scala di ferro.

Ha uno studio?

Mi appoggio in quello della docente di cinese.

Non potrebbe averlo lasciato lì?

Sono sicura di no.

Faccia un ultimo tentativo. La aspetto qui. Ma se lo trova, torni giù a dirmelo.

È inutile.

Se non sale, non può saperlo.

Cercai di indirizzarle uno sguardo di incoraggiamento.

Soltanto quando la vidi allontanarsi per la scala mi resi conto di quanto fosse interessante il viso di quella donna. Aveva i capelli scuri, tagliati all'altezza delle spalle. Una giacca a vento attillata e, sotto, un maglioncino rosso, di lana fine.

Ridiscese qualche minuto dopo. Agitava raggiante un oggetto tra le mani e veniva verso di me. Pensai che quello era il sorriso più bello che vedevo da molto tempo.

L'avevo messo in un cassetto, disse, ancora incredula.

Non so per quale motivo, ma mi sentii felice.

Stavolta ero certa di averlo perso.

Ti capita spesso?

In casa sempre, mi tocca fare il giro di tutte le camere. Ma oggi mi ero davvero spaventata.

Sì, ho visto.

Non volevo coinvolgerti, scusa, ti ho fatto perdere del tempo.

All'inizio, ho temuto che mi avessi scambiato per un ladro.

Ma no...

Di' la verità.

Mi ero agitata.

Si chiama nomofobia, lo sai?

Cosa?

La paura che abbiamo tutti di perdere il cellulare.

Nomofobia?

Sì, l'ho letto sul giornale.

Viene dal greco, come tutte le vostre parole?

No, solo in parte. In realtà è un'espressione inglese. Esattamente significa No Mobile Phobia.

E si può guarire?

Temo che ormai sia una malattia cronica.

Per me lo è senz'altro.

Non ci siamo ancora presentati.

È vero, mi chiamo Feng.

Io Vince.

Fai il medico?

Mi misi a ridere.

No, anche se a modo mio cerco di curare i mali delle persone.

E come fai?

Con i libri.

Che genere di libri?

Romanzi. Sono un biblioterapeuta.

È un mestiere curioso, non l'avevo mai sentito. Non credo che in Cina esista.

Perché i cinesi l'hanno sempre saputo che i libri e la lettura fanno bene.

Feng sorrise di nuovo.

Aspetta.

Cercai nelle tasche uno dei bigliettini da visita che mi ero fatto stampare. Ma l'unica cosa che tirai fuori fu il foglio con le frasi del fratello della signora Baldini e tutte le cancellature in nero che avevo aggiunto.

Cos'è?

Mi vergognai senza motivo.

Ti piacciono i giochi enigmistici?

Intendi quei quadrati che bisogna riempire di parole?

Sì, proprio quelli.

Mi incuriosiscono.

Ecco, questo è un cruciverba senza schema.

Feng mi guardava senza capire. Decisi di fidarmi.

Lo sai tenere un segreto?

I suoi occhi si erano fatti attenti.

Conosco solo queste parole, e devo scoprire a quale libro appartengono.

Lo dissi a bassa voce.

È un gioco bizzarro.

In realtà, non è un gioco, è un lavoro.

Che strano tipo che sei.

Dagli un'occhiata.

Feng prese il foglio tra le mani e lo osservò con calma.

Potrebbe trattarsi di uno scrittore cinese?

È difficile da dire, così. Ma credo di no, troppe parolacce.

Mi restituì il foglio.

Ho paura che non potrò esserti d'aiuto.

Lo sei già stata. Credevo di dover cercare nella letteratura cinese, prima di tutto.

Potrebbe essere un libro di qualsiasi parte del mondo.

Peccato che non sappia proprio da dove iniziare.

Inizia dal 28.

Non capisco.

Questa frase, qui. *Dichiaro 28*. Sembrano dei punti: forse è una partita. Se scopri di cosa, restringerai il campo di ricerca.

Ricontrollai. Sì, poteva essere una traccia.

Finalmente recuperai uno dei miei bigliettini dentro il portafogli.

Potrebbe servirmi?

Potrebbe servire a me, rivederti. Comunque se lavori all'università, un biblioterapeuta può sempre tornare utile.

Ci hai lavorato anche tu?

No, ma ho insegnato nelle scuole secondarie.

Lo conserverò, allora.

Sto a due passi da qui, mi farebbe piacere.

Feng mi porse la mano. La strinsi.

Spero che troverai il tuo libro, disse.

Avrei voluto trattenerla ancora, ma sentii che stavo arrossendo. Uscii in fretta da una delle porte laterali. Un ragazzo cingalese mi chiese se volevo mangiare al loro ristorante. Feci cenno di no, e corsi via.

Giovanna Baldini aveva detto che suo fratello abitava non molto distante da me. Salii a casa, legai Django e decisi di esplorare le strade che da via Merulana scendono fino a Monti.

Il quartiere aveva lo stesso aspetto del giorno prima. Una sciatta apatia che ti si appicciava ai vestiti, sotto l'orlo nero delle nuvole. Ogni pietra di quella città era imbevuta di questo sentimento, che nemmeno il cambio di stagione aveva mitigato.

Presto iniziarono a diradarsi anche le automobili. La sontuosa Roma umbertina di fine Ottocento svaniva rapidamente, lasciando il posto a uno scenario più antico. A parte l'odore di cucina indiana che impregnava ancora l'aria alle mie spalle, quelle strade sarebbero apparse identiche anche tre o quattrocento anni prima: qualche isolata casa di due piani, la semina delle chiese lungo il percorso, un muro basso e curvo da un lato, dietro al quale si intuivano dei giardini privati. Lecci. Pini. Rose selvatiche. Il parco del Colle Oppio. Assecondavano un'altra idea di spazio, che perdurava a dispetto di tutto, come se dietro di loro fossero tornati a distendersi gli orti, e le mulattiere, e larghi tratti di campagna.

Mi fermai in una di queste anse irregolari e appartate a immaginare la città che non esisteva più. Il profilo verde dei colli. I cavalli, gli animali. E la piana del Colosseo, immersa ancora tra i ruderi e la gramigna.

Django perlustrava con attenzione ogni angolo, guidandomi deciso verso il basso. Da quanto aveva detto la signora Baldini, l'abitazione del fratello sarebbe potuta essere una qualunque di quelle villette.

Continuai ad andare avanti, finché non sentii di nuovo il respiro ingrossato di via Cavour. Ma all'ultima curva un edificio più bianco degli altri emerse dietro una cancellata, simile a un convento o a un sanatorio.

Da fuori pareva disabitato. I vetri delle finestre erano opachi, il piazzale interno deserto, la fontana al centro prosciugata.

Mi avvicinai all'ingresso.

VILLA DELLE ROSE, informava una targa appesa all'inferriata.

CASA DI RIPOSO PER ANZIANI
E ACCOGLIENZA ALZHEIMER

Ecco dove viveva adesso quell'uomo, per quali corridoi trascinava i piedi, in che stanze il destino lo aveva aspettato, con una pazienza feroce. Strinsi il guinzaglio di Django e mi bastò girare l'angolo, attraversare una piazza, precipitarmi a perdifiato per un gomito medievale di scale, per uscire da lì come si esce da una serra.

Sotto, il battito indiavolato e rassicurante della metropoli mi fece sentire in salvo. Risalii verso casa senza scostarmi più dai frontespizi anneriti dei palazzi, dai negozi di cianfrusaglie, dai giovani camerieri in livrea che illustravano a chiunque i piatti di un menu a basso costo.

Avevo già percorso una buona parte di via Cavour, quando una macchina della polizia si mise di traverso. Scesero due poliziotti in divisa e il primo mi intimò l'alt. L'altro spinse fuori dall'auto due ragazzi neri perché entrassero nel comando di fianco al quale mi trovavo.

Entrambi gli agenti mi guardarono inquieti e come seccati della mia presenza in quel punto della strada e in quel momento. Reagii con un certo impaccio, incerto se dovermi muovere o no, ed ebbi bisogno di un ulteriore stop, a voce alta. Django drizzò le orecchie. Fu una frazione di secondo, ma la mia goffaggine era stata un diversivo sufficiente perché uno dei ragazzi sotto custodia se la desse a gambe levate.

Il primo poliziotto ci mise un po' a capire cos'era appena successo. All'inizio rimase lì a fissarmi, come se quello da sorvegliare fossi io e non l'altro, che già si dirigeva a grandi falcate verso la parte alta del quartiere. Doveva avere poco più di vent'anni. Il suo collega fu più lesto. Si lanciò subito alla rincorsa, mentre dal comando uscivano altri agenti. Qualcuno estrasse la pistola d'ordinanza. Soltanto allora il primo poliziotto si riscosse e cominciò anche lui a correre dietro al fuggitivo, senza tralasciare però di lanciarmi prima uno sguardo minaccioso e ostile.

Osservai impietrito quella caccia furibonda all'uomo. Chissà quale reato aveva commesso il nero, se era stato fermato per furto o traffico di stupefacenti, oppure soltanto perché non in possesso di un regolare permesso di soggiorno. Accidentalmente ne ero stato il complice.

Lo vidi zigzagare tra le vetture in marcia, aggirare una signora con due buste nelle mani, fare una piroetta intorno a un cartellone pubblicitario, tornare indietro, cercare disperato un varco. L'unica possibilità che aveva era quella di tagliare per le strade interne, tentare di mescolarsi agli altri africani sparsi nella zona e sparire per il mercato. Nella speranza che un intralcio imprevisto – un camion, una comitiva di turisti, un altro quarantenne imbranato con un cane – ostacolasse lo slancio degli inseguitori.

Calcolai la distanza che ci separava. Forse avrei dovuto intervenire anch'io, ma come? E da che parte? In ogni caso non ne ebbi il tempo.

La seconda guardia gli piombò da dietro, atterrandolo e flettendogli un braccio, finché il compagno non giunse per ammanettarlo. Gli altri colleghi fermarono il traffico. In pochi secondi la circolazione si congestionò.

Il giovane continuava a dimenarsi, come un animale ferito. Il primo poliziotto, con un ginocchio piantato sulla sua schiena, sollevò la testa e atteggiò la bocca a una smorfia superba. Anche il nero, da terra, guardava verso di me.

Tutto si era consumato in una manciata di minuti. Ma alla fine negli occhi di ciascuno pulsava lo stesso rancore. Come se il responsabile di quella scena fossi stato io. Entrambi mi chiedevano conto della vergogna che gli avevo inferto, e della pena che ne sarebbe seguita, disprezzandomi per la libertà che avevo di andarmene in giro per il mondo con tanta distrazione nel viso e nelle mani.

Mentre quell'infelice veniva trascinato dentro a un portone, il traffico riprese a scorrere. Superai l'incrocio, entrai in una tabaccheria e comprai una vecchia cartolina di Roma in bianco e nero. Sopra ci scrissi degli altri versi che mi erano cari e la imbucai nella più vicina cassetta rossa.

Non amo che le cose che potevano essere
e non sono state.

La media delle temperature restava ostinatamente bassa. A casa misi su *Chambre avec vue* di Henri Salvador e alzai il volume al massimo.

E

Et qui, preste, s'évanouit
Mais dont la svelte silhouette

Sin dall'adolescenza, ho avuto l'abitudine di compilare diversi taccuini per il terrore che ho di dimenticare i libri che leggo. Li tengo tutti sullo stesso ripiano della libreria. Alcuni sono ancora, per così dire, in attività. Altri chiusi o dimenticati, pieni di citazioni e di rimandi.

Quelli che aggiorno con una certa regolarità sono:

– il *Quaderno delle ultime parole*,
– il *Registro degli innocenti*,
– il *Censimento dei ciechi*,
– l'*Agenda dei bugiardi*.

Nel primo annoto da anni la parola con cui terminano tutti i romanzi che compro, pratica per me sempre preliminare alla loro lettura.

Il secondo, invece, risale al liceo: diligentemente vi raccolgo i nomi di tutti i personaggi che ho creduto, sbagliando, colpevoli di qualcosa e che poi si sono dimostrati innocenti. Quelli che nella tecnica dei polizieschi vengono chiamati le «aringhe rosse» e che servono soltanto per ingannare il lettore. Fossi stato io a giudicarli, li avrei senz'altro condannati. È il taccuino di tutte le mie sviste, e di quanto possa essere miope il mio sguardo.

Il terzo lo riconosco dalla copertina rossa. Contiene una lunga lista di personaggi affetti da problemi alla vista di ogni genere. La letteratura ne è piena: dallo strabismo di Mattia Pascal alla cecità temporanea di Theo Gantenbein, il protagonista dell'omonimo romanzo di Max Frisch, che pur guarendo continua a farsi credere cieco. Una libertà che per lui avrà un costo molto alto: sarà infatti costretto ad assistere al tradimento della moglie consumato davanti ai suoi occhi.

La quarta è un'agendina dove ordino tutti i più grandi bugiardi e impostori della storia del romanzo dalla A di Arturo Bandini alla V di don Giuseppe Vella fino alla Z di Zeno. È così piena che dovrò presto cominciarne un'altra.

Il taccuino *Sanatori*, nel quale avevo trascritto l'elenco e gli indirizzi di tutte le case di cura, i tubercolosari e gli ospedali incontrati nei libri, era finito in fondo perché da molto tempo non lo toccavo più.

Lo tirai fuori e iniziai a leggere. Si apriva con un indice sommario e incompleto di malattie: peste, vaiolo, tisi, disturbi mentali, a cui seguiva una lunga lista di luoghi di cura reali e immaginari.

Sanatorio Berghof, Davos, Svizzera

In stile Art Nouveau: ascensori d'epoca e 120 camere. Grazie a Thomas Mann, è il sanatorio più famoso del Novecento. Ospitò persino l'imperatore Guglielmo II. Hans Castorp vi entrò per un'affezione bronchiale. Oltre alla tubercolosi, è specializzato in tutte le malattie polmonari, compresa l'asma e le allergie. Vi si pratica la cura della sedia a sdraio, rigorosamente di colore giallo. I pazienti, «buttandosi sui piedi una coperta di cammello», si stendono al sole. Dalla terrazza si vede tutta la valle. E la cima innevata di una montagna.

Sanatorio di Kierling, Austria

È l'ultimo sanatorio di Kafka. Colpito dalla tubercolosi alla laringe, può soltanto scrivere. È il 3 giugno 1924. La sua afasia, così simile a quella di Gregor Samsa, chiuso tra le pareti della sua stanza, coincide con la delirante logorrea con cui Adolf Hitler, in un castello della Foresta Nera, detta a voce alta *La mia battaglia*. Sul rapporto tra K. e H. rileggere le pagine finali di *Respirazione artificiale* di Ricardo Piglia. Per tutta la vita non facciamo altro che cantare, sempre, l'aria finale, scrive K. da Kierling ai suoi amici.

Sanatorio di Clavadel, Davos, Svizzera

Emilio Lussu vi arriva dopo un'operazione chirurgica «piuttosto pesante» per curare una malattia polmonare «contratta in carcere, non potuta curare al confino di Lipari e, dopo l'evasione, trascurata in Francia». Costretto a un lungo periodo di immobilità, fra il 1936 e il 1937, su insistenza di Gaetano Salvemini trascrive su un taccuino i suoi ricordi della Grande Guerra di capitano della Brigata Sassari sull'altopiano di Asiago.

Manicomio di Castel Pulci, Toscana

C'è un uomo che si appoggia ai muri per leggere e in cucina dà una mano a impastare polpette. È un tipo tranquillo, anche se dicono che in gioventù sia stato molto intemperante. Dicono pure che scriveva versi, e che abbia visto il mondo. Si fa chiamare Dino Edison, ma ha un cognome di uno che viene da Marradi: Campana. A Castel Pulci resta per una quindicina d'anni. Poco prima di essere congedato, quando per tutti è guarito, cerca incomprensibilmente di scappare tentando di scavalcare un filo spinato, ma muore in seguito all'infezione agli inguini che si provoca. Ma non è questo, in fondo, quello che dovrebbero sempre cercare di fare i poeti?

Sanatorio di Grafenhof presso Sankt Veit im Pongau, Austria

Tra il 1949 e il 1951 il più giovane membro della Comunità della Sputacchiera ha solo 18 anni e si chiama Thomas Bernhard. Ma al posto di morire, come gli altri, riempie un quaderno di centinaia di poesie e capisce di esistere soltanto quando scrive. Fa amicizia con un direttore d'orchestra, Rudolf Brändle, che lo indirizza agli studi musicali, e legge *I demoni* di Dostevskij. Durante lunghe passeggiate notturne e clandestine si lega a Hedwig Stavianicek, di 36 anni più grande. Lei è la vedova ereditiera di un'azienda di cioccolata. Nonostante il pneumoperitoneo rovinato, Thomas sceglie di guarire.

La Rocca, Sicilia

Sulla strada che da Palermo sale a Monreale. I medici che vi lavorano amano gli scacchi e gli indovinelli. Teatro perfetto per gli amori impossibili, come quello tra un giovane reduce e una ballerina ebrea dal passato ambiguo, di cui testimoniò Gesualdo Bufalino in *Diceria dell'untore*. La malattia è un apprendistato di morte o un'irripetibile vacanza? E la vita non è sempre un commercio di frodo?

L'archivio proseguiva per diversi fogli:

– La clinica psichiatrica di Lipsia di *Memorie di un malato di nervi* di Daniel Paul Schreber;
– il sanatorio Codivilla di Cortina d'Ampezzo in cui fu curato il giovane Moravia;
– l'ospedale dei sette piani dell'omonimo racconto di Dino Buzzati:
– l'istituto psichiatrico di Sylvia Plath, il Mac Lean Hospital;
– la clinica nell'Oregon di *Qualcuno volò sul nido del cuculo*;
– l'ultima casa di cura che aveva ospitato Guido Gozzano;
– il padiglione di riposo di Camilo José Cela;
– la veranda di Salvatore Satta;
– la Casa di Salute a due o tre leghe a nord di Buenos Aires descritta da Juan José Saer ne *Le nuvole*;

– l'ospedale psichiatrico Paolo Pini dove fu ricoverata Alda Merini.

Quando avevo avuto l'idea di compilare quel quadernino, ero molto giovane. A quanto ricordavo, la prima intenzione non era stata soltanto di natura letteraria, ma precauzionale. Anche se molti di quei cronicari non esistevano, conoscere l'indirizzo e gli orari di visita mi rassicurava. Qualsiasi problema di salute fosse insorto, avrei saputo in anticipo a chi rivolgermi, e quale libro rileggere.

Ma dopo una brutta tosse che non voleva saperne di guarire, avevo abbandonato scaramanticamente il progetto morboso di raccogliere la lista completa di tutti gli ospedali della letteratura mondiale. A quel taccuino tornavo soltanto a lunghi intervalli, ma senza più nessuna pretesa di esaustività. Dalla metà, le pagine si susseguivano vuote e bianche e davano l'impressione di un pronto soccorso deserto con le luci artificiali accese.

Da quanto tempo non aggiungevo più un nome? L'ultimo lo avevo scritto di fretta, niente più di un promemoria:

King David Senior's Residence, Montréal

Pavimento a scacchi neri e marroni. Il migliore centro di accoglienza per anziani del Canada. Un vero albergo di lusso. Salone di barberia, sala bingo, sinagoga interna. Appartamenti arredati in stile classico e floreale: abat-jour, piante sui tavolini, specchi alle pareti, cuscini sui divani.

La classica residenza che non avrei mai potuto permettermi. Cercai di ricordare chi vi fosse stato ricoverato. Barney Panofsky, certo: un altro vecchio ammalato di Alzheimer che pensava che Dio fosse il più grande cabarettista della storia e Omero avesse undici decimi di vista.

Presi una penna e, prima di uscire, appuntai di seguito:

Villa delle Rose, Roma

Strada delle Sette Sale, a due passi dal Colosseo. Residenza di sollievo per pazienti affetti da demenza senile e perdita della memoria.

F

Est si gracieuse et fluette
Qu'on en demeure épanoui

L'inverno sopravviveva fuori dal calendario in un'aria da epilogo. Sotto la metro di piazza di Spagna, un ragazzo con un maglione a coste larghe e un berretto bianco di lana in testa stava suonando alla fisarmonica *Libertango* di Astor Piazzolla. Il tema di quel pezzo riempiva la galleria di uscita, dettando il battito di decine di tacchi e ombrelli sul pavimento plasticato.

Aveva piovuto fino a poco prima e fuori si erano formate diverse pozzanghere. Ad arrivarci dalla metro, la piazza si apriva sempre sbilenca e improvvisa e ogni volta mi dava l'impressione di entrare in un teatro dal lato sbagliato.

Un paio di carrozze per turisti stazionavano da una parte, nonostante il maltempo. Il pelo dei cavalli riluceva bagnato sotto i lampioni. Ordinate file di gocce d'acqua si erano depositate sui finimenti che legavano gli animali, sulle briglie, sui pettorali, sulle bende intorno agli occhi.

Raggiunsi la base della scalinata e mi fermai a guardare Trinità dei Monti. Per quanto quel luogo mi fosse familiare rinnovò all'istante il suo magnetico gioco di illusionismo. Era come sentirsi nello stesso momento in scena e in platea.

Non so che cosa mi comunicasse quel senso di indeterminatezza. Forse la presenza di un vuoto dove sarebbero dovuti esserci dei palazzi, o i due campanili con l'obelisco e le vertebre di una lunga palma slanciati verso l'alto, o l'incombenza del dedalo di strade alle spalle. Ogni elemento contribuiva a confondere in un solo soggetto chi era osservato con chi osservava e a rendere instabile qualsiasi messa a fuoco. Come se il Tevere fosse straripato dagli argini di contenimento e Roma fosse finalmente diventata il suo fiume.

Persino la larghezza dei gradini ricordava l'altalena di piccole onde che si ritirano nella sabbia. E la piccola fontana ai loro piedi aveva la forma di una barca, anche se nessuno avrebbe potuto dire se si trattava di un relitto o di una scialuppa.

Lì era tutto contingente e simultaneo, il naufragio come la salvezza, e annullava ogni presenza umana: i turisti piuttosto radi, per la verità, quella sera, o chiunque altro, compreso me stesso. Restava soltanto l'abbraccio della città, fluttuante eppure eterno.

Imboccai la lunga discesa di via dei Condotti, sbirciai dentro l'Antico Caffè Greco, mi mischiai alla folla che aveva ripreso a percorrere il Corso. Avevo una meta precisa e il modo più veloce per raggiungerla sarebbe stato proseguire dritto, ma volli invece tagliare per San Lorenzo in Lucina.

Presi per i vicoli interni, superai una gelateria che frequentavo spesso ai tempi dell'università e mi ritrovai nella piazza del Parlamento. Montecitorio era un altro banco di sabbia adagiato in quell'angolo dopo un'alluvione. Una collinetta storta e inaccessibile. Me la lasciai dietro, insieme all'obelisco che la delimitava, e dopo un po' intravidi la mia destinazione: una vetrina lustra e piena di accessori stravaganti.

L'insegna era incisa a caratteri regolari e sembrava provenire da un altro secolo. Una sola parola, incorniciata in un rettangolo verde: ECLECTICA. Il negozio di magia e giochi di prestigio più antico d'Italia.

La vetrina, come al solito, mi sedusse. Un manichino vestito con il tipico abito dei prestigiatori, frac nero con mantello, cilindro, guanti bianchi e bastone, si inchinava su un tavolino sul quale erano allineati un mazzo di carte intonso, un teschio ornamentale e due enormi tessere di domino. Dall'alto scendeva un telo bianco ricamato e alle spalle del manichino, su due finte pareti ricoperte da un tendaggio rosso, erano appese una maschera del carnevale di Venezia e varie cianfrusaglie, mentre sotto al tavolino tre marionette simulavano un numero di occultismo.

Spinsi la pesante porta di ferro ed entrai. All'interno, l'ambiente era ancora più insolito. Impossibile farne un inventario esauriente: manifesti, anelli, libri, bacchette magiche, articoli di giocoleria e funambolismo. E indumenti da teatro, bacheche di legno, oggetti di scena, travestimenti.

Mi venne incontro un commesso dai modi gentili e la piega dei pantaloni ben stirata.

Salve, disse allargando un sorriso come un trucco da mazziere. È qui per un regalo?

No, risposi, e pensai che dovevo avere proprio l'aria di uno passato di lì per caso, un principiante alle prime armi con un paltò grigio di lana e un ordinario maglioncino a girocollo. Mi servirebbe un'informazione, ma non so se è questo il luogo giusto.

Vediamo se potrò esserle utile.

Vi intendete anche di giochi di carte?

Vendiamo carte di ogni tipo, con figure, classiche, collezionabili, a tema.

In realtà non sono sicuro che si tratti proprio di carte, ma lei saprebbe dirmi se c'è un gioco in cui si dichiara 28?

28, dice?

Sì, mi sono imbattuto in quest'espressione su un libro a cui sono state strappate delle pagine e, ragionandoci sopra, ho pensato che possa trattarsi di un dialogo tra due o più persone che stanno giocando, ma non so a cosa.

Non ha nessun'altra informazione?

No, la mia è soltanto un'ipotesi.

Avrei voluto mostrargli il foglio con le altre frasi, tra cui pure quella su un orso che andava a comprare il giornale, ma preferii evitare, nonostante in quel posto tutto sembrasse possibile.

Devono mancare molte pagine, al suo libro.

Sì, in effetti è così, ammisi.

Il commesso mi osservò quasi divertito. Dovevano entrarne di tipi eccentrici, nel suo negozio, ma certo anche la mia richiesta suonava abbastanza confusa.

Mi lasci riflettere, disse. Si avvicinò un dito alle labbra e iniziò a enumerare un elenco interminabile: mambassa, baccarà, briscola, pinnacola, cucù, taglio, ti vitti, scala 40, blackjack, traversone, chemin, ramino, tresette...

Aveva le unghie perfettamente curate, e un'ostentata fierezza nel mostrarmi tutta la sua competenza. Ripassò a voce alta una gran quantità di regole e di sistemi di punteggio, mentre mi chiedevo se quelle erano le mani di un vero mago oppure soltanto di un abile commerciante.

Dopo avere pronunciato i nomi di un'altra decina di giochi di cui non avevo mai sentito parlare, i suoi occhi sfavillarono per un lampo.

Truco, il *truco* o *trucco*, disse con orgoglio.

Il trucco?

Si gioca con il mazzo spagnolo di quaranta carte, in due o a coppie. Con le napoletane, per intenderci. Tre per mano. Per vincere occorrono 30 punti, ma possono bastarne anche 28.

E dove si gioca?

In Argentina, e in altri paesi sudamericani. In Italia non ha mai preso piede, anche se qualche emigrato di ritorno ha provato a diffonderlo in alcune zone del Veneto. Se volesse imparare, su YouTube troverà senz'altro chi si è preso la briga di registrare le istruzioni principali.

Grazie, quello che mi ha detto è già sufficiente.

Le occorre qualcos'altro?

Per ora, no.

Abbiamo dei giochi di prestigio molto semplici con i quali potrebbe stupire i suoi amici. Non è difficile far sparire un oggetto davanti agli occhi delle persone, sa? La gente è così distratta.

Da bambino qualcuno lo conoscevo. Ma ora sono fuori allenamento, dissi. Ripasserò, magari.

Quando vuole o ha qualche altra curiosità da soddisfare, sarò felice di aiutarla.

È molto gentile, da parte sua.

È solo il mio mestiere.

Il commesso mi rivolse un breve saluto, poi scomparve dietro il bancone per servire un tipo alto quasi due metri appena entrato in negozio. Mi strinsi nel paltò e mi restituii all'aria di Roma.

Quando cambierai questa campanella stonata? gridai a Emiliano. A quell'ora nella sua libreria non c'era più nessun lettore disperato in cerca di un romanzo per la notte, nessun cliente abituale, nessun turista capitato lì per caso.

Se sei venuto per giocare, è troppo tardi: altri dieci minuti e chiudo.

La scacchiera era sempre sullo scaffale dove l'avevamo lasciata mesi prima.

Faremmo prima a cominciare una nuova partita.

Quando vuoi, anche se ormai mi sono abituato, a vederla così. Mi ricorda quella su cui giocarono Brecht e Benjamin nell'estate del 1934 a Svendborg, in Danimarca. Le hai mai viste, quelle foto?

No.

Nella prima Brecht tiene un sigaro tra l'indice e il medio, i gomiti poggiati sul tavolo, la testa rasata. Sembra sorridere, dietro gli occhiali. È il padrone di casa e indossa un maglione di lana cotta. Benjamin lo si vede di taglio, e di spalle. Anche lui ha le braccia sul tavolo, ma non fuma. La camicia è chiara, il gilè ha un giro di coste intorno alla vita. Aspetta forse di muovere.

Quanti scatti sono?

Tre in tutto. Da tre angolature differenti. La seconda è perpendicolare al tavolino, i due sono concentrati. Guardano le rispettive posizioni, riflettono. Una spalliera di foglie li confina in quell'angolo di mondo.

Che anno era, hai detto?

Il 1934. Entrambi sono già in esilio.

Chi aveva i neri?

Benjamin. Le sue orecchie sembrano molto più grandi di quelle di Brecht, ma non per questo gli portarono più fortuna.

La partita come stava andando?

L'ultima foto è presa dal lato opposto del tavolo. Brecht si è tolto gli occhiali e osserva l'uomo o la donna che lo fotografano. Si vedono le erbacce, dietro di lui, e le prime pietre di una tipica casa nordica. Ma soprattutto si riconosce con chiarezza la disposizione di tutti i pezzi. Anche se la partita non è iniziata da molto, siamo già in una fase di medio gioco avanzato. Tutte le forze in campo sono schierate. La situazione è di parità: hanno perso un pedone per parte e scambiato un cavallo con un alfiere.

Si sa chi ha vinto?

No, ma gli esperti hanno analizzato quella scacchiera fino alla nausea. Hanno riprodotto con un computer tutte le varianti possibili. E continuano a discuterne. Se non commetterà errori, in quella posizione vincerà il nero.

E tu che ne pensi?

Mi piace immaginare che i due siano ancora lì, nel giardino di quella casa danese, a progettare nuovi manifesti antifascisti. E che quella partita l'abbiano interrotta volontariamente, come noi due, ripromettendosi di terminarla qualche anno dopo a Santa Monica o in qualche altra città americana.

Se il visto d'espatrio per Benjamin, a Port Bou, non fosse arrivato la mattina dopo il suo suicidio, sarebbe andata di sicuro così.

Lo sguardo di Brecht, nell'ultimo scatto, mi lascia sperare, Vince. È uno sguardo fuori dal tempo.

È meglio non sapere come andrà a finire.

È quello che stavo cercando di dirti. Chissà, magari un giorno salterà fuori un taccuino di Benjamin con tutte le mosse segnate.

Sei quasi più patetico di me. Ma lo sai che sto cercando un libro anch'io?

Un altro manoscritto perduto durante la guerra?

No, un romanzo, ma non so come risalire all'autore e al titolo. Per ora ho soltanto delle frasi isolate e tanti buchi neri.

Cavai dalla tasca dei pantaloni il foglio del taccuino che avevo imbrattato con un pennarello. Emiliano lo esaminò con la stessa magnetica attenzione con cui l'aveva esaminato Feng.

Gli raccontai tutta la storia, della signora Baldini e di suo fratello, dell'Alzheimer, della sua passione per le lingue.

Emiliano mi ascoltò in silenzio.

Il tuo compito non è diverso da quello di chi ha analizzato la partita di Brecht e di Benjamin, disse alla fine.

Hai mai sentito parlare di un gioco di carte che si chiama *truco*? gli chiesi.

No, non lo conosco.

Pare che sia molto popolare in Argentina.

Se stai proponendo una variante agli scacchi, direi che il domino sarebbe più semplice.

È l'unico gioco in cui si dichiara 28.

Emiliano rilesse il foglio con le frasi e le cancellature.

Dichiaro 28, merda!

Merda, ripeté a voce alta, è una partita a carte, quindi.

Sì, potrebbe.

Lo vedi che hai l'istinto del detective?

Lascia stare, mi sono sempre occupato soltanto di letteratura, Emiliano.

E credi di essere il primo che se ne va in giro con un foglio tutto cancellato?

Si alzò, come per sgranchirsi le gambe.

Due secoli e mezzo fa, un reverendo irlandese aveva già inserito una mezza pagina completamente nera nel suo romanzo, disse quando ebbe terminato di stirarsi per bene le ginocchia.

Una pagina nera?

Sì. E molte righe di asterischi. A un certo punto aveva fatto persino sparire un capitolo. Sosteneva che la mancanza di alcune parti avrebbe reso qualsiasi libro più completo.

Forse non aveva torto. Nessuno ha più il coraggio di tagliare via quello che non serve. Ma chi era?

Emiliano sparì dietro una delle sue librerie e ne tornò con un vecchio volumone sgualcito: *La vita e le opinioni di Tristram Shandy, gentiluomo* di Laurence Sterne.

Lo hai mai letto?

Divenni più rosso della sua copertina: non lo avevo mai terminato.

È il più grande elogio dell'imperfezione che sia mai stato scritto, disse.

Lo sfogliai. Quel libro era davvero molto strano. Oltre agli asterischi e alla pagina nera, conteneva anche un mucchio di lineette, di serpentine, di piccole mani disegnate.

Ti basterà vedere come inizia.

Lessi l'attacco. Nelle prime righe, Sterne affermava che ciò che siamo dipende dagli umori e dagli influssi prevalenti nell'istante del nostro concepimento, ovvero dal grado di piacere reciproco di chi ci ha generato.

Quello di Tristram era stato interrotto dalla più inopportuna delle domande che una donna avrebbe potuto fare sul più bello: «Scusa, caro, non hai dimenticato di caricare l'orologio?». Sì, devo ammettere che era uno degli incipit più geniali e spudorati di tutta la storia della letteratura.

Emiliano aspettò che finissi quella pagina, prima di chiudere il suo discorso.

È il tempo, Vince, che annerisce tutto: le parole dei libri, i nomi delle cose, la nostra memoria. Vale per Sterne come per noi. Ma lui lo sapeva raccontare meglio di tutti: il tempo è il nostro vero progenitore, e anche lo sfasciacarrozze.

Si rimise seduto.

Confesso che l'enigma del tuo foglio mi rende curioso. Voglio vedere come lo risolverai.

Dovrai aspettare un pezzo, allora.

Una direzione ora ce l'hai.

Un gioco di carte argentino è un indizio troppo debole perché possa portare da qualche parte.

Devi solo trovare un romanzo che contenga una sua partita. Prova a cercare tra i libri di Cortázar, Borges, Bioy Casares...

Hai idea di quanti scrittori siano nati in quel paese?

Usa il metodo di Tristram: non attenerti a nessuna regola.

Che vuoi dire?

Nel terzo capitolo, il padre di Tristram si lamenta di come suo figlio fa girare la trottola. Dice che ha un'inspiegabile *obliquità*.

Non ti capisco.

Devi procedere per storto, Vince. La strada sbagliata è quella giusta.

Oggi sei in vena di proverbi.

No, è che la vecchiaia ti porta via tutto, ma l'Alzheimer ti toglie anche quel poco che ti resta.

Pensai che del passato di Emiliano conoscevo molto poco. Una volta sola avevo visto la sua lontana giovinezza congelata in una foto scattata nel giorno del matrimonio. Ma non avevo mai avuto il coraggio di chiedergli nulla.

Non ti puoi tirare indietro.

Provaci tu, se ci tieni tanto.

Questa storia ti appartiene.

Per nulla, Emiliano: formalmente non ho ancora accettato nessun incarico.

Tienimi al corrente, quando lo farai.

Quel libraio era un tipo testardo. Lo salutai e tornai verso casa.

Un centinaio di metri più avanti, un'ambulanza era ferma su via Merulana, con le porte aperte e la luce arancione che ruotava, ma come fuori giri. Distinsi due infermieri che si affannavano sul corpo di qualcuno. Credo gli stessero praticando un massaggio cardiaco.

Di fianco, un'automobile era stata spinta da un camion bianco contro la vetrata di un gestore telefonico. Una signora mi disse che l'uomo al volante del camion aveva avuto un malore e aveva perso il controllo del mezzo, che era andato a sbattere come un birillo impazzito contro le vetture parcheggiate di lato.

Era stato un miracolo che nessun passante ci fosse rimasto secco.

Feci il conto di quante volte, soltanto quel giorno, ero passato di là, e attraversai il viale sulle strisce. Gabriel era dentro la portineria. Gli indirizzai un cenno e corsi su. Django mi aspettava accucciato dietro la porta.

G

A la compagne de voyage
Dont les yeux, charmant paysage

La prima cosa che notai di Teresa furono i suoi stivali. Erano alti, fin sopra al ginocchio, svasati in cima e col tacco largo. L'avevo attesa fuori dalla porta, per evitare che si smarrisse, appena uscita dall'ascensore.

Quasi nessuno capiva che doveva salire un'altra mezza rampa di scale. Spesso aspettavo di vedere come se la cavassero, prima di chiamarli.

Ma con Teresa non ce ne fu bisogno. Le fu sufficiente un'occhiata rapidissima al piano sotto al mio per sapere cosa fare. I suoi stivali risuonarono decisi per le scale e un momento dopo me la ritrovai davanti, che mi allungava la mano.

Si presentò con un sorriso contenuto. Dissi il mio nome e la invitai a entrare.

Lei vive qui? mi chiese sfilandosi la giacca imbottita e il basco scozzese di lana pelosa con una breve nappina che pendeva da un lato.

Sì, da qualche mese.

Una volta ho conosciuto un ricercatore, all'università, che per un po' di tempo dormì nello stesso studio dove riceveva i suoi studenti.

È più pratico.

Non credo, non deve essere affatto comodo.

Forse quel ricercatore ne aveva necessità.

Si era separato.

Un ufficio universitario non è una sistemazione così cattiva. Conosco persone che si sono accomodate in una barca o si sono fatte prestare un camper.

Il problema è che ogni volta che andavi da lui, a sostenere un esame o a parlare della tesi o di alcuni aspetti delle sue lezioni, non sapevi mai se ti trovavi nella sua casa o nel suo ambiente di lavoro.

E questo le causava disagio?

Sì.

Ci accomodammo: lei sulla poltrona di pelle, e io dietro la scrivania.

Cosa sta cercando di dirmi, signorina?

Vorrei sapere dove sono.

Capisco che abitare nello stesso luogo dove si lavora possa creare qualche imbarazzo, ma stia tranquilla, in questo momento si trova nel piccolo ambulatorio di un biblioterapeuta.

Un laboratorio-soffitta con annesso soppalco, letto e angolo cucina?

Era un antico lavatoio.

L'importante è che non faccia confusione lei.

Dovrei?

Il ricercatore di cui le parlavo fu cacciato dall'università perché non seppe più separare lo spazio tra la sua vita privata e quella lavorativa. Lo trovarono a letto con una sua studentessa.

Era lei?

Lo sa che ha il dono della chiaroveggenza?

Lasciai cadere la provocazione.

Cercherò di non fare errori.

Bravo, stia attento.

Riguardo a un possibile licenziamento, avrei voluto dirle che non correvo questo rischio: come insegnante, non risultavo più in nessuna lista del provveditorato, e da biblioterapeuta ero solo un apprendista dilettante che pensava di abbandonare presto questa professione. Ma in realtà non sapevo nemmeno io quale fosse il mio lavoro, e dove vivessi.

Purtroppo ho avuto sempre un grande talento per fare confusione, riconobbi.

In questo siamo simili, allora, disse Teresa, con un tono più conciliante.

Perché è venuta da me?

Perché sono una persona incostante. Mi sono stancata di tutti gli strizzacervelli che mi hanno esaminato, così ho deciso di provare con lei.

Conosce la biblioterapia?

Ne ho sentito parlare.

Il suo problema è l'incostanza?

Sono sempre stata volubile: da bambina mi cambiavo continuamente il nome. Non sono mai riuscita a portare a termine niente. Ho studiato pianoforte per anni e avrei potuto diplomarmi al conservatorio, ma ho smesso il giorno prima dell'ultimo esame perché ho capito che era soltanto un desiderio dei miei genitori. All'università ho voluto fare di testa mia, ma ho sbagliato anche lì. Mi sono iscritta a Scienze Politiche, insieme alla mia migliore amica. Ho dato sei esami, li ho superati a pieni voti, ma un anno dopo mi ero già trasferita al corso di laurea in Scienze Naturali. E sa perché? Soltanto per essere capitata, per caso, a una conferenza sulle tartarughe. Ho resistito fino alla tesi. Avevo pure scritto i primi due capitoli, ma non li ho mai consegnati. Con il lavoro, non è andata meglio. Prima esperienza a ventitré anni in un *call center*. Poi un negozio di fotografia, una ditta di abiti all'ingrosso, uno studio notarile... Ho vissuto un anno all'estero, ho collezionato diversi traslochi e nessuna relazione sentimentale che sia durata per più di sei mesi.

Con i libri come va?

Non ne finisco uno da molto tempo, mi annoiano o mi irritano. Per questo sono qui.

Pensai che non avrei potuto fare di meglio. Il curriculum della mia paziente era ineccepibile. La ragazza mi guardò negli occhi, quasi pregandomi che non le propinassi uno dei soliti discorsi moralistici sul masochismo di lasciare le cose a metà e il vantaggio, invece, di terminarle e mettersele alle spalle. Scelsi un punto da cui partire e cominciai.

Credo di sapere come ci si sente. Anch'io avrei voluto cambiare il mio nome, non sa quante volte. Ma non ho mai imparato cosa volessi per davvero. All'inizio pensavo che la mia incostanza, soprattutto quella di carattere sentimentale, fosse soltanto una forma di curiosità. Mi sbagliavo. Nel mio caso, non era nient'altro che un'incorreggibile vocazione al fallimento. Così, per tenermi in esercizio, mi sono stordito con una girandola di metamorfosi senza fine.

Teresa si morse un'unghia.

Ecco, il primo titolo da suggerirle mi è salito alle labbra da solo, ma è così famoso che le risulterà scontato: *La metamorfosi* di Kafka. Con ogni probabilità lo avrà letto nell'adolescenza, ma la biblioterapia funziona anche con i libri che già si conoscono. A volte una rilettura può essere bella e imprevedibile come l'incontro con un vecchio amore.

Teresa osservò distratta il piccolo vassoio che tenevo sulla scrivania pieno di caramelle. Glielo avvicinai. Scartò una liquirizia.

Avrà notato che quando rileggiamo gli stessi libri o racconti, a distanza di anni, ci sembrano diversi. Perché, è naturale, la nostra contemporaneità psichica è cambiata, a volte in maniera radicale. Eppure io ho spesso avuto l'impressione che, insieme a me, fossero cambiati pure i personaggi di cui rileggevo la storia, e persino i segni sulla carta, o almeno il loro senso. È come se, nel tempo in cui un libro resta chiuso, la vita continui ad accadere anche al suo interno, e lo faccia ancora più velocemente appena lo riapriamo. Come quando entra la luce in un sarcofago, e tutto rischia di incenerirsi al contatto con l'ossigeno. Ho fantasticato a lungo che, per quella misteriosa relazione che lega ogni libro a ciascun lettore, i personaggi invecchino con noi e, a seconda della nostra età, reagiscano in maniera differente alle avventure che sono costretti a rivivere.

Teresa sollevò verso di me uno sguardo dubbioso.

Le sembra troppo inverosimile? Provi a chiedere a un bambino quanti anni ha l'eroe della favola che sta leggendo. Se è sincero, risponderà sempre: la mia! Anche se il protagonista ha la barba grigia e si chiama Ulisse. Credo sia una specifica qualità che possiedono soltanto i personaggi di romanzo. Hanno la capacità di alterare il tempo e di adattarsi, di volta in volta, alla nostra anagrafe. Ci anticipano e ci rincorrono insieme. Sono bambini, quando siamo bambini noi, e dopo giovani, adulti, vecchi. Da questo punto di vista, *La metamorfosi* è un testo esemplare, perché ci chiede un credito totale e ci rivela più di qualsiasi altro racconto che tipo di lettori siamo. Sin dalla prima riga. Si ricorda? «Come Gregor Samsa si svegliò una mattina da sogni inquieti, si trovò nel suo letto trasformato in un mostruoso insettaccio». La prima volta che lo lessi avrò avuto sedici anni e da allora so di essere un lettore infantile, perché credetti a quell'affermazione assurda senza alcun tentennamento. Reagendo come può reagire un sedicenne, ribellandomi con tutto me stesso. Mi immaginai a rotolare sul pavimento, a sbattere contro ogni parete della mia stanza, a urlare e invocare aiuto. Non riuscivo a sopportare quell'orribile trasformazione. Ne avevo ribrezzo e paura, protestavo, mi opponevo con la stessa disperazione con cui si opponeva Gregor.

Cercai di capire quale effetto provocassero le mie parole sul viso della mia paziente, ma senza nessun risultato.

Invece, pochi mesi fa, quando ho riletto questo racconto a trent'anni di distanza, anche la disposizione dei mobili mi è parsa diversa. La scena era sempre quella di un risveglio, ma il tono era cambiato. Come la prima volta, Gregor Samsa sente la schiena dura come una corazza, il ventre curvo, segnato da rughe profonde, le gambe sottili, tremolanti. Che cosa mi è capitato, pensa. Si guarda intorno. Sul tavolo ci sono ancora tutte le cose che ha lasciato la sera prima: il campionario del lavoro, il ritaglio di un giornale. Fuori è brutto tempo, le gocce picchiano sul davanzale, insistenti. Prova a girarsi sul fianco destro, secondo la sua abitudine, a chiudere gli occhi un altro po', ma non ci riesce. Una stanchezza mortale lo schiaccia. «Buon Dio, che mestiere faticoso ho scelto! – si dice allora. – Dover prendere il treno tutti i santi giorni…». A sedici anni non ci avevo fatto caso, non potevo farci caso perché non avevo mai lavorato. Ma adesso, dopo avere viaggiato con ogni mezzo per tutte le scuole della provincia, mi bastava quella frase per acclamare Gregor Samsa come il pendolare più celebre di tutta la letteratura. Mi dica, le sembra un incipit irreale, questo?

Teresa non rispose.

Non le è mai successo di ritrovarsi, al suono della sveglia, ancora agitata dai pensieri e dalle inquietudini della notte? Vorremmo girarci dall'altra parte, ma siamo così prostrati che anche questa semplice operazione ci appare smisurata. Al principio, non riconosciamo più il nostro corpo. Le gambe non rispondono agli ordini, l'addome è collassato nell'incavo del materasso e soltanto la forza della consuetudine e della necessità ci costringe a tirarci fuori dal letto.

Aspettai un po' prima di continuare.

Kafka si è preso soltanto la briga di descrivere l'ora del risveglio di un commesso viaggiatore. Tutti i lavoratori che si muovono in treno la conoscono bene, quella sensazione. Una cerimonia penosa e sgradevole. Una filiera di gesti reiterati fino alla nausea: i vestiti pronti in bagno dalla sera, il primo caffè sul fuoco, le notizie alla radio. E subito dopo l'arrivo alla stazione, le banchine solitarie, la scelta del vagone, sempre lo stesso. Per molti anni ho fatto anche io quella vita, a seconda di dove mi assegnavano le supplenze. Le è chiaro?

No.

Volevo soltanto dirle che riletto ora quel racconto non mi ha più parlato di giganteschi e repellenti insetti, ma di impiegati comuni che vanno al lavoro tutti i giorni: insegnanti, venditori, tecnici, apprendisti, militari, funzionari pubblici. L'angoscia che ho provato è stata la stessa, sì, certo, ma sia in me che in Gregor Samsa era subentrata una rassegnazione, non so come dire, una più composta accettazione del nostro stato. Quella mutazione non mi sorprendeva più. Cos'era successo, in tutto questo tempo? Forse anche io avevo iniziato a trasformarmi in una bestiaccia spregevole e schifosa, con il ventre arcuato e le gambe che tremavano senza tregua? La verità è che comprendo molto bene, adesso, come una camera possa diventare una tana e il mondo ridursi a un ambiente minuscolo come questo in cui abito e lavoro, ha ragione, rischiando di confondermi.

Sfilai una matita dal portapenne.

Samsa è invecchiato insieme a me. Ma quello che da ragazzo non avevo afferrato fino in fondo era la scomparsa della sua voce. La vera metamorfosi è questa. Le prime parole che prova a pronunciare gli riescono difficili, eppure all'inizio i familiari ancora lo capiscono, da dietro la porta. Lui ripete a tutti, pure al suo capufficio, che presto uscirà di lì. Ma dopo poche pagine non è più in grado di elaborare un suono articolato e da quel momento produce soltanto dei versi oscuri e incomprensibili. È un passaggio senza ritorno. La perdita della voce è il suo definitivo esilio nella condizione animale. Senza linguaggio, si smette di essere umani, è questo che dice Kafka. E sono sicuro che, se avrò la possibilità di rileggere questo libro per la terza volta, tra altri trent'anni, sarò un insetto così vecchio e stanco che non proverò più ad alzarmi dal letto, ma la mia spossatezza combacerà con quella di Gregor e ci saranno altre cose che finalmente potrò capire. Quel racconto contiene tutto il nostro tempo, quello che siamo stati e quello che diventeremo. Il suo dispositivo narrativo è così perfetto da cannibalizzare il tema: non parla della metamorfosi, è una metamorfosi.

Mi versai un po' d'acqua.

Sa l'unico dubbio che avevo da giovane qual era? Sapere che genere di insetto fosse. Su questo Franz Kafka ha dato libertà di scelta alla nostra immaginazione: intimò al suo editore che non venisse mai raffigurato, nemmeno sulla copertina. Ogni lettore può optare per il coleottero che vuole o del quale ha più raccapriccio: cervo volante, blatta, tarlo, faccia lei. Per Nabokov, che era un esperto entomologo, si trattava senza dubbio di uno scarabeo sacro. E così anche per Primo Levi. Ma il termine tedesco che Kafka usò è *Ungeziefer*. Una parola carica di ripugnanza, ma anche di ambiguità. Con questa parola i nazisti chiamavano i detenuti nei campi di concentramento. Il suo significato letterale è parassita. Comprende, adesso? Non c'è mai stato nessuno scarafaggio. Con buona pace di Nabokov, il sacro in Kafka non esiste, neppure in forma di insetto. E anche il titolo originale, *Die Verwandlung*, è più prosaico e ordinario: più che con *La metamorfosi* andrebbe tradotto con *La trasformazione*. Il caro Franz ci ha raccontato semplicemente la trasformazione di un lavoratore in un parassita, una sostituzione che non provoca minore orrore, se ci pensa. Non le sembra che il mondo ne sia pieno?

Teresa scartò una seconda caramella.

D'accordo, forse sono andato fuori tema, mi aveva chiesto un rimedio contro l'incostanza, ma a parlare della volubilità ci si perde sempre.

L'ultima impressione che volevo dare, a Teresa come a tutte le altre mie pazienti, era quella di impartire lezioni di qualsiasi genere. Sperai di non essere incappato un'altra volta in questo sgradevole equivoco: mi trascinava soltanto l'entusiasmo per i libri che citavo, anche se non ci credeva mai nessuno.

Teresa spianò sulla scrivania le carte delle due caramelle che teneva accartocciate nel pugno. Poi esplose in una risata incontrollabile. Avrei voluto intervenire, ma non sapevo come. Dopo un po', per l'imbarazzo, presi a ridere pure io, senza motivo.

Quando entrambi ci calmammo, Teresa aveva il respiro spezzato, per gli spasmi.

Mi dispiace doverla deludere, signor Vince Corso, disse ancora tra le lacrime. Ma c'è stato un fraintendimento. Non cerco nessun rimedio contro l'incostanza. Il mio problema è del tutto opposto: io non voglio proprio finirle, le cose, ho paura solo che qualcuno mi costringa a farlo.

Stava per ricominciare a ridere, ma per fortuna si dominò.

Nessun lavoro e nessun fidanzato fissi, per carità. Finché ne avrò la forza, continuerò a cambiare. La mia precarietà è una scelta, non una vocazione al fallimento. È l'unico modo che conosco per non diventare un parassita, o per non campare, come lei, sui libri degli altri.

Django sollevò le orecchie e mi osservò con una selvaggia commiserazione.

Teresa si alzò piena di allegria. Prese le sue cose, chiuse la borsa. Dal cono delle scale mi indirizzò un'ultima frase.

Ma lo sa che è un tipo davvero divertente?

H

Font paraître court le chemin
Qu'on est seul, peut-être, à comprendre

Corso, campi sui libri degli altri.

Quell'ultima frase non riuscivo a scrollarmela di dosso. Mi si era incollata ai pantaloni, come una piccola cimice verdognola.

Lasciai friggere un uovo in padella più del tempo necessario, versai come sempre parecchio aceto nell'insalata e trafficai per un po' al computer. Qualunque cosa facessi, restavo un supplente, un sostituto, e ogni tanto qualcuno se ne accorgeva.

Mi addormentai molto tardi. Ma poco prima dell'alba mi tornò in sogno il treno che correva, e io sopra, che camminavo veloce. Dietro di me sentivo i passi del capotreno sempre più vicini. Ogni tanto incontravo dei passeggeri. Una coppia di amanti stretta contro al finestrino. Una donna straniera che parlava gesticolando in una lingua incomprensibile. Un signore che leggeva un libro. Avrei voluto infilarmi in un bagno, ma erano tutti chiusi. Mi sedetti allora in fondo all'ultimo scompartimento. Tirai su il bavero del cappotto e mi serrai lo strano cappello che portavo sulla testa.

Ma alla fermata successiva, il capotreno mi raggiunse con un altro uomo del tutto identico a lui, stessa divisa, stesso berretto, stessa benda sull'occhio, e ogni cosa si ripeté nel medesimo ordine: la richiesta del biglietto, la mia affannata ricerca, l'oblio del nome... Mi svegliai con la sensazione che un'altra mattinata provvisoria fosse cominciata.

Faceva freddo anche a casa, e chissà da quante ore continuava a piovere. Mi affacciai alla finestra. Un'insolente gelata notturna aveva di nuovo spazzato via ogni accenno di primavera.

Mi vestii in fretta. Anche quel giorno avrei dovuto bagnarmi per portare Django fuori. L'aria gelida almeno mi riscosse. Entrai in un bar a prendere un caffè. Il resto della mattinata lo passai a leggere, sul divano.

Smise di colpo, senza preavviso, nel primo pomeriggio. Le gocce d'acqua si allargarono sui vetri e una debole luce illuminò la stanza. Mi tornò la voglia di uscire, ma questa volta Django lo lasciai a casa.

Le mie perlustrazioni non hanno mai avuto una meta. Non sono destinate a niente. Cammino soltanto perché vorrei dare alle storie che ascolto un perimetro definito.

Su via Merulana il traffico riprendeva con lentezza. Voltai per largo Brancaccio, e poi per il viale del Monte Oppio e di nuovo il tempo mi diede la sensazione di girare più lento, da quelle parti.

Nelle strade laterali non c'era quasi nessuno, soltanto una mappa tortuosa di pozzanghere, nelle quali cercavo a fatica di non infilare i piedi. Proseguii per un altro chilometro, finché l'insegna della Villa delle Rose apparve davanti ai miei occhi fatale come un appuntamento.

Controllai il display sul telefono: era l'ora delle visite. Un uomo con una camicia bianca e una cravatta corta e fina presidiava l'entrata. Mi avvicinai e gli chiesi quale fosse il reparto dei malati di Alzheimer. Doveva essere una domanda che non gli rivolgeva più nessuno perché alzò gli occhi e mi indicò l'ultima parte dell'edificio come se fosse l'informazione più ovvia dell'universo.

Secondo piano, aggiunse impietosito dalla mia sprovvedutezza.

La pioggia aveva allagato il piazzale e riempito di un'acqua scura e torbida anche la fontana al centro. Nel parcheggio, contai soltanto tre automobili e un paio di ambulanze. Salii i gradini dell'ingresso, misi la mano sulla maniglia e all'improvviso li vidi.

Si erano ammassati tutti dietro la porta. Chissà da quanto erano lì, appoggiati al muro o seduti sulle poltroncine di lato all'entrata.

Si fecero da parte, silenziosi. Una donnina mi tese una mano piena di macchie: aveva un sorriso angelico, e un solo dente in bocca.

Anna, mi disse con un filo di voce.

Le strinsi la mano e indirizzai un saluto svelto a tutti gli altri, ma soltanto la ragazza con la canottiera blu e un iPad sulle gambe mi rispose dalla sua sedia a rotelle.

L'ascensore era all'inizio del corridoio, ma decisi di andare a piedi. Secondo piano, aveva detto l'uomo con la cravatta corta all'entrata.

Sulle scale mi investì il consueto odore di acido fenico e alcool. Nei pianerottoli, soltanto divanetti di pelle e una bacheca piena di articoli di giornale che elogiavano l'efficienza della struttura. Mi fermai a leggere un foglio che riportava il decalogo dei diritti del paziente, poi mi ritrovai di fronte a una grande porta di ferro con un campanello rosso di lato.

Bussai tre volte prima che una suora venisse ad aprire. Chiesi del signor Baldini, anche se non ero certo che il vecchio si chiamasse così. Ma avrei potuto dare qualsiasi nome, a giudicare dallo sguardo della suora. Lì dentro non doveva avere più molta importanza.

Sul braccio principale del corridoio si affacciavano le stanze, mentre in fondo si apriva uno spazio più largo da cui giungeva il suono di una televisione accesa. Una donna che avrà avuto la mia età mi oltrepassò strisciando per terra le pantofole. Tutte le porte erano aperte. I letti in ordine, ma deserti, le finestre lucide e senza maniglie.

Mi affacciai alla prima stanza. I parenti di un malato sedevano su un letto e avevano la stessa aria spaesata del loro familiare. Mi osservarono muti, senza la minima curiosità di sapere chi fossi.

Dietro di me, una signora si trascinò lungo il cordolo fissato al muro, facendo forza sulle braccia. Era stata legata a una sedia, ma questo non le impediva di muover-si, anche se ogni metro le costava una enorme fatica.

Un uomo con una tuta azzurra, da operaio, entrò in una camera, controllò la serratura della porta, bestem-miò. Aveva una corporatura magra e nervosa, il viso contratto. Un altro si fermò a parlare davanti alla sca-toletta dell'antincendio come se fosse un citofono. Ri-spondete, urlava. Io non sento nessuno. Rispondete. Io vi aspetto.

Mi girai indietro, a osservarlo. Un'altra suora, che mi aveva visto entrare, mi indicò l'ultima stanza del cor-ridoio e sparì veloce.

Il vecchio sedeva da solo, davanti a un letto vuoto. Non poteva che essere lui. Somigliava a un terremota-to che difendeva l'ultimo mobile che gli era rimasto, perché nessuno gli portasse via anche quello.

Alzò verso di me gli occhi e li strinse, come se stes-se sforzandosi di ricordare il mio viso. Indossava una canottiera storta, e dal petto gli sbucava un mazzetto di peli bianchi. Ma in realtà non guardava me, guar-dava *attraverso* di me, come se facessi parte del paesag-gio quanto i dipinti appesi alle pareti o le crepe sul ri-vestimento plasticato dei muri.

Se anche fosse stato in grado di riedificare il paese devastato della sua memoria, non sarebbe comunque venuto a capo di niente perché noi due non ci erava-mo mai visti prima. In una mano stringeva la felpa che doveva essersi sfilato dalla testa. Presi una sedia libe-ra e la misi accanto a lui. Due onde disordinate di ca-pelli gli si allungavano di lato alle tempie.

Si voltò verso il corridoio. Sulle guance gli cresceva una barba trascurata e lattiginosa, e il suo sguardo mi ricordò quello di un passerotto che salta su un davanzale.

Se ne stette ancora un po' con la testa per aria, poi iniziò a sillabare una lenta sequenza di parole indecifrabili. Ogni tanto rideva, e io ridevo con lui, fingendo di avere capito. Ma faceva male al cuore, come se sapesse delle cose, e stesse cercando di dirmele. Cose che potevano essere comiche, perché facevano venire le lacrime agli occhi, o anche tristissime, tanto da oscurargli la faccia: cose che forse erano dei segreti fondamentali per la nostra vita, se avessi saputo comprenderle.

La sua memoria era diventata un fiume di ghiaccio da cui rinvenivano ogni tanto le orme di qualche misterioso animale. A un certo punto si fermò, mi poggiò una mano sulla spalla e scandì con chiarezza: *Falta envido*. Non sapevo cosa significasse, ma chinai il capo con complicità.

Il vecchio ne fu soddisfatto e si alzò. Lo aiutai sorreggendolo per i gomiti. Entrò in bagno, accese la luce e si fece il segno della croce. Ai piedi portava due ciabatte nere che parevano da donna.

Ritornammo nel corridoio. Un uomo alto e con i capelli neri che le suore chiamavano Achille mi mise una mano sulla spalla, mi tirò il colletto della camicia e tentò di parlarmi. Ma non riusciva a ripetere che una sola sillaba, e tuttavia era in grado di darle delle intonazioni sempre diverse. Per aiutarsi, portava il ritmo con le mani, battendo i palmi a tempo.

Chi ha spento la televisione, urlò un signore più sottile di un foglio di carta velina, quando raggiungemmo lo spazio comune. Era saltata la corrente elettrica, ma l'uomo ci fissò con ostilità, come se fosse stata colpa nostra. Per fortuna si distrasse subito e iniziò a imprecare contro la moglie che non voleva dargli le sigarette. Un altro paziente, legato a una sedia da una cinta intorno alla vita, provava ad allacciarsi un paio di scarpe da ginnastica scompagnate.

È stato un attore, lo riconosce? mi disse una signora che spingeva una madre ammalata su una carrozzina.

Feci segno di no.

Hanno da poco mandato in onda una serie in cui interpreta il ruolo di un imprenditore che fa bancarotta.

Quel tipo avrebbe potuto essere un attore, in effetti. Era ancora un bell'uomo: capelli bianchi, lineamenti regolari. Ma come essere sicuri che la signora che spingeva quella carrozzina non fosse anche lei una degente con delle fantasie allucinatorie?

Intanto la donna che strisciava i piedi incessantemente mi ripassò di fronte, ma questa volta fece un giro su se stessa, allargò le braccia e accennò un passo di valzer. Mi indicò con un dito e mi invitò a posarle le mani sui fianchi. Più goffo di un ippopotamo, la feci girare una o due volte. L'attore ne approfittò per cercare di toccare il culo alla suora che era venuta a riaccendere la tv, ma la mancò di pochi centimetri. Lei non se ne accorse, era di spalle, ma un altro malato scoppiò in un fragoroso applauso isterico.

Il vecchio mi strinse allora per un braccio e mi spinse verso una sedia vicino alla finestra. Credetti che anche lui volesse delle sigarette. Mi chiedeva un foglio, invece, e una penna.

Nella tasca della giacca trovai soltanto una matita e una cartolina con una vecchia veduta dell'arco di Costantino. La prese senza guardare e iniziò a scribacchiarci dietro. Lo faceva con grande cura, con lo stesso affanno di quando cercava di comporre il suono di una parola.

Pensai che avrebbe potuto avere la stessa età di mio padre. Era un'associazione illogica. Ma anche lui, per me, era imprigionato per sempre nella stanza dell'Hotel Le Negresco di Nizza, perduto come tutti quei malati in un'afasia senza futuro e senza passato.

Il vecchio impiegò del tempo, ma alla fine mi consegnò la cartolina. Un biglietto di scarabocchi illeggibili e senza senso.

La rimisi in tasca e mi alzai, non avevo altro motivo per restare là dentro. Ma il vecchio mi trattenne ancora. Accostò la bocca al mio orecchio, per essere sicuro che nessun altro ascoltasse. Sentii il suo respiro scaldarmi la pelle e la sua voce pronunciare l'impresa di due sillabe: *cla-vis*. Sembrava l'inizio di una frase, ma subito balbettò, si confuse e non fui più così sicuro che avesse sussurrato una parola latina.

Ritrovò il controllo del linguaggio soltanto quando avevo già riguadagnato il corridoio e aspettavo che mi facessero uscire. A un metro da me, con le sue pantofole da donna, mi rivolse uno sguardo pieno di comprensione e di intelligenza.

La mano del tempo cancella ogni traccia, disse sonoramente.

Poi, canticchiando, corse a rifugiarsi nella stanza di qualcun altro.

I

Et qu'on laisse pourtant descendre
Sans avoir effleuré sa main

A quell'ora una massa di stranieri affollava i giardini di piazza Vittorio a piccoli gruppi. La maggior parte si era raccolta nel cerchio di mezzo, ed era di pelle scura. Uomini che parlavano in piedi, più secchi di un lampione, le mani ciondolanti ai fianchi. Donne che sedevano sui gradini di marmo e rigiravano tra le dita l'orlo delle vesti colorate.

Ogni tanto, qualche studente entrava e usciva dalla cancellata, seguendo il ritmo irregolare dei bambini che dondolavano sopra le altalene. Mi passò davanti un nero, con una busta stretta nelle mani. Aveva una giacca grigia, e guardava per terra. Somigliava a Coltrane, in certe foto. La stessa solitudine sorpresa che ritrovavi nel suo strumento. Ma quella era Roma, non New York. E Roma era sempre stata una città senza pozzanghere, dove i passi avevano lo stesso suono. Almeno fino a quella primavera.

Anche se era stato trasferito da molti anni, un'idea di mercato continuava a modellare quella piazza, come se ogni pietra o foglia o pugno di terra avessero registrato le voci che l'avevano animata per quasi un secolo. Cambiavano gli attori e i dialetti, ma i traffici erano sempre gli stessi.

Se avessi dovuto immaginare un paesaggio ai piedi della Torre di Babele, l'avrei pensato così. Un raduno permanente di gente esiliata dal tempo e accampata su delle rovine. Con un musicista di passaggio, di tanto in tanto.

Cosa ci facesse lì Gabriel, nell'indolenza del primo pomeriggio, lo scoprii appena si mosse: dietro di lui, scodinzolava a pochi centimetri da terra un bassotto nano a pelo corto.

Gabriel allargò le braccia, quasi per giustificarsi.

Ti presento Seneca.

La sua inconfondibile cadenza spagnola risaltava anche in tre parole.

Ui, ui, uggiolò il cane.

Django si avvicinò per annusarlo, gli girò intorno per un po', come per capire che razza di mammifero fosse. Seneca sgranò gli occhi, poi si stese sulla schiena, agitando le minuscole zampe per aria.

È un nome impegnativo, per un animale così piccolo, dissi.

Ci serviva un saggio, in famiglia, sorrise Gabriel. Mia figlia ha sempre avuto una passione per i bassotti, mi ha trascinato a vedere una cucciolata e siamo tornati con lui.

Mi chinai verso Seneca, per fargli una carezza, ma la rifiutò.

Deve prendere confidenza.

Mi tirai su, umiliato.

Volevo fargli annusare il quartiere. Ma ora torniamo in portineria, prima che si sveglino la signora Bottafava e l'avvocato Cammarota.

Peccato. Non capita tutti i giorni di incontrare un filosofo.

Ci vediamo dopo.

D'accordo.

Gabriel tirò Seneca per il guinzaglio, ma il bassotto oppose resistenza.

I due restarono fermi, a pochi passi da me.

Cosa avevi voglia di chiedere, al tuo filosofo?

Lo osservai senza capire.

Sì, che domanda gli avresti fatto.

Gli occhi di quel peruviano erano più neri del carbon fossile.

Gli avrei chiesto come si fa a sopportare la vista di un uomo che perde la memoria, e il linguaggio.

Parli del fratello della signora che hai ricevuto qualche giorno fa?

A Gabriel non sfuggiva mai nulla.

Come fai a saperlo?

L'ho accompagnata al tuo ascensore, perché non trovava la scala. Abbiamo scambiato qualche parola e ho capito subito di chi era la sorella.

Fai presto a fare amicizia, tu.

Mi ha detto che suo fratello abitava in via Giovanni Lanza, ma che ora l'hanno ricoverato poche strade dopo, nella casa di riposo per gli anziani che non ricordano più l'indirizzo di casa.

Conosci pure lui?

No, ma la maggior parte dei portinai della zona sono sudamericani. E le loro mogli lavorano nelle famiglie del quartiere come donne delle pulizie. Parliamo la stessa lingua.

E che sai, di questo vecchio?

La mia amica Marillac ci andava a ore, la mattina, e raccontava delle storie incredibili.

Per esempio?

Che la sua casa era un museo.

Che genere di museo?

Un museo con degli uccelli imbalsamati, degli orologi ad acqua, la coda di una sirena e tantissimi libri. Diceva anche che il vecchio conosceva tutte le lingue.

Un tempo, forse, adesso non riesce a terminare neppure un discorso.

Gabriel alzò gli occhi verso la Porta Magica in fondo al giardino.

È terribile, come mettere da parte una fortuna, per tutta la vita, e avere dimenticato la formula della cassaforte, disse prima di allontanarsi.

Dalle strade, oltre gli alberi, giungeva un penetrante odore di fritto e di grasso che sarebbe durato fino a notte.

Quale cassaforte?

Era un modo di dire.

Un modo di dire?

Il vecchio non ha figli, non si è mai sposato, e i soldi li ha spesi solo in libri e viaggi.

Credi ne abbia messo da parte molti?

Sette milioni di euro, pare.

...

Ma sono voci, anche se lui stesso se ne è vantato, in qualche occasione.

Un bel rischio.

Sembra che abbia detto che soltanto all'apertura del testamento i parenti scopriranno il vero valore della sua eredità. Loro ci hanno provato in ogni modo a fargli confessare dove l'avesse nascosta. Ma è stato inutile, e ormai è troppo tardi.

Un nugolo di pappagalli verdi andò a depositarsi sul ramo di un platano.

Mi sentii tradito. Non c'era nessuna ragione affettiva dietro la richiesta di aiuto della signora Baldini. Che idiota, ad averci creduto.

Alla fine è sempre una questione di soldi, la realtà è una cosa banale, dissi con tristezza.

La realtà è soltanto la metà di questa piazza, Vince.

Guardò l'ora sul cellulare.

Scusa, si è fatto tardi. L'avvocato Cammarota sarà già per le scale e se non trova la guardiola aperta si lamenterà per un mese.

Si incamminò verso via di San Vito e Seneca, per la fretta, mi passò sopra un piede.

Gabriel, solo un'ultima domanda.

Dimmi.

Che vuol dire *Falta envido*?

Gabriel girò la testa, sorpreso.

Dove l'hai sentita?

Per strada, mentii.

Sei stato a Buenos Aires?

No, perché?

Falta envido significa «Forte invito».

Portai una sigaretta alle labbra e inspirai. Avevo ancora negli occhi lo sguardo invasato del vecchio, mentre pronunciava quelle parole.

Si usa per caso in un gioco di carte?

Sì, il *truco*. Si gioca anche da noi, ma è argentino.

E se si accetta il forte invito che succede?

Chi ha più punti, vince la partita. Perché non scendi da me, una di queste sere, che ti mostro le regole?

Non attese la mia risposta, e si allontanò a passo svelto.

Mi fumai un'altra Gitane, da solo, prima di rincasare anch'io.

Seconda parte

Segunda parte

J

A la fine et souple valseuse
Qui vous sembla triste et nerveuse

All'inizio non la riconobbi. Pensai che fosse un'altra delle mie pazienti, che mi chiedeva un appuntamento al citofono. Le dissi di richiamarmi l'indomani, e che ci saremmo senz'altro messi d'accordo.

Per stasera non ha quindi nessuna lettura da suggerirmi?

Dopo che ci saremo incontrati, le darò tutti i consigli che vuole.

Cercherò allora di tenere a bada la mia nomofobia fino a domani.

Improvvisamente mi ricordai della lettrice cinese.

Feng?

Sì, avrei dovuto telefonarti prima. Ripasso quando hai tempo.

Ma no, parli così bene l'italiano che non ti avevo riconosciuta. Vieni su.

Posso?

Prendi l'ascensore fino all'ultimo piano. Poi devi salire ancora dei gradini.

Grazie.

Il portone si aprì e sentii Feng che entrava.

Tentai di dare una sistemata all'appartamento, ma non c'era tempo. Tutto quello che potevo fare era andare alla porta e cercare di accoglierla nel modo più gentile che potessi.

Feng entrò in casa quasi in punta di piedi.

Perdonami, si scusò ancora con un certo imbarazzo, stamattina ho ritrovato il tuo biglietto da visita e ti ho pensato.

Sorrise, poi si guardò attorno.

Da quanto tempo abiti qui?

Solo da qualche mese. La casa è di una signora che mi rinnova con grande generosità l'affitto.

Mi sembra un bel posto, dove stare.

È anche il mio luogo di lavoro.

E per ora ne hai?

Riesco a camparci, non l'avrei mai detto.

Mi piacerebbe vedere come fai.

Se ti siedi sulla poltrona, posso darti una dimostrazione pratica.

Feng si tolse la giacca e io mi accomodai dietro la scrivania.

Allora, che romanzo suggerisci per la mia paura di perdere il telefono?

Non è così semplice. Non c'è una cura che vale per tutti. Io devo trovare il libro adatto soltanto per te. Per questo, prima devo cercare di conoscerti. Ti dispiace se ti faccio qualche domanda?

Prego.

So che tutti i nomi cinesi hanno un significato. Il tuo qual è?

Feng è la fenice, l'uccello che è capace di guardare tutto, dall'alto.

Credevo che la fenice fosse un mito dell'Occidente.

È anche una delle quattro creature magiche che presiedono ai destini della Cina.

Rappresenta l'immortalità?

La prosperità. Nei periodi bui non si fa vedere.

Quindi la tua apparizione è un bel segno?

L'ultima volta che ci siamo incontrati sei stato tu a portarmi fortuna.

Diciamo che è stata una combinazione felice per entrambi. E di dove sei?

Del Guangdong, una regione nel sud della Cina. Ma ho studiato a Bejing, a Pechino, come dite voi.

E come hai fatto a imparare la nostra lingua così bene?

Mi sono innamorata della vostra letteratura. E non solo.

Non avevo previsto questa risposta.

E lo sei ancora? azzardai.

Della letteratura sì, Vince. L'Istituto Confucio mi ha offerto un contratto come lettrice madrelingua, e ho accettato. La mia vita è a Roma, ormai.

Hai viaggiato molto.

Sì. Ma non mi hai detto ancora cosa devo leggere.

La tua è una patologia recente. Per questo ti suggerirei un libro uscito un paio di anni fa. Con un'avvertenza: non amo le etichette, ma in libreria lo trovi nel settore per ragazzi.

Mi stai prescrivendo un libro per adolescenti?

Ti sto prescrivendo un bel libro, che ti si adatta anche nel titolo. Hai la vista di una fenice, giusto? Ma capiterà anche a te di avere dei punti ciechi.

Sì, certo.

Bene. Allora il libro che potresti leggere è un romanzo di Chiara Carminati che si intitola *Fuori fuoco*. Racconta l'odissea di una bambina, Jolanda detta Jole, alla ricerca di una nonna che non sapeva di avere durante lo scompiglio della Grande Guerra.

Non mi sembra che ci fossero cellulari, a quel tempo.

No, il problema è un altro: se cerchiamo sempre di mettere tutto a fuoco, finiamo per non vedere le cose più vicine a noi.

Che vuoi dire?

In questo libro ci sono tredici fotografie, un piccolo album di famiglia, ma molto differenti da quelle che siamo abituati a spedirci sui nostri telefonini. Sono tredici macchie grigie incorniciate. Fuori fuoco, appunto. Quello che contengono è scritto sotto. Chi e cosa rappresentano, che tempo faceva quando sono state scattate. In una a essere fuori fuoco non è neppure il soggetto della foto, ma il fotografo stesso. Se provi a fissarle, dopo un po' inizi a distinguere ogni dettaglio: una barricata, il vagone di un treno, una piccola chiesa. Perché è dalle parole che dobbiamo ricominciare, se vogliamo ritrovare quello che pensiamo di aver perduto. In fondo, non c'è sguardo più lucido e penetrante di quello di un lettore.

Prometto che lo leggerò.

Per qualche ora, almeno, non penserai più al telefono.

In segno di resa, Feng lo tirò fuori dalla borsa e lo poggiò sulla scrivania. Proprio in quel momento, vibrò per l'arrivo di un messaggio.

Non sarà facile, come vedi.

Guardò lo schermo.

Scusami, è l'università, devo andare. Sono già le sei. Ma dimmi: alla fine lo hai risolto il tuo cruciverba?

Sto seguendo la tua pista.

E dove ti sta portando?

Non lo so ancora. Ma se ti interessa, potrei aggiornarti sugli sviluppi del caso. Magari a cena, una di queste sere. Avrei anche una cosa da chiederti. Accetti?

A patto che il ristorante lo fai scegliere a me.

D'accordo.

Sabato va bene?

Sì, sabato sono libera.

Mi ridai il tuo numero? Non sono ancora pratico di questi telefoni cinesi, non l'ho salvato.

Feng rise.

No, facciamo senza, come una volta.

Ci vediamo allora sabato, alle otto, davanti alla ex caserma dove lavori.

Perfetto.

La vidi sparire con la stessa velocità con la quale aveva invaso la mia casa. Aprii il frigorifero e stappai una birra. Poi accesi il giradischi e lasciai che la voce di Gianmaria Testa riempisse la stanza:

Volevo tenere per te
la luna del pomeriggio
volevo tenerla per te
perché è sola
com'è solo il coraggio.

Periodicamente, la signora Baldini mi chiamava per sapere a che punto ero con le mie indagini. Avrei voluto dirle che non avevo preso nessun impegno con lei, ma da quando conoscevo il vero interesse che la muoveva, non mi sentivo più così in colpa a tenerla in sospeso e senza una risposta.

Per qualche sera tornai sotto la clinica. Le luci delle finestre, al secondo piano, erano sempre accese e avevo il sospetto che non le avrebbero spente fino al mattino. Era un giro più lungo di quello che facevo di solito, ma camminare, dopo cena, mi schiariva le idee. Mentre Django perlustrava la base di ogni albero o muro, ne approfittavo per fumare l'ultima sigaretta della giornata. Con meno rimorso, e maggior piacere.

Non passava nessuno, a quell'ora. Soltanto il vecchio camminava ancora nel corridoio ormai deserto di parenti e di infermieri. Dovevano essere rimasti in pochi ad andare da un capo all'altro del reparto: lui, e forse l'uomo alto che si chiamava Achille.

Lo immaginavo fermarsi a raccogliere qualcosa da terra, oppure provare a bere a una fontana invisibile, prima di riprendere quella ronda serale senza senso, finché qualche suora o infermiere non lo avrebbero costretto a tornare nella sua stanza per legarlo al letto con delle fasce intorno alla vita. Avevo notato che tutti i degenti indossavano una tuta chiusa alle spalle, e nessun pigiama. Alcuni avevano dei segni sulla fronte, forse perché di notte dormivano con la testa sulla sponda metallica.

A volte credevo di riconoscere la sua sagoma dietro la finestra. Ma se anche fosse stato lui, cos'era che vedeva da lassù? Quale parte di mondo gli era rimasta negli occhi?

Tiravo allora il guinzaglio di Django, spegnevo la cicca per terra e mi ricordavo dell'uomo del mio sogno ricorrente che scappava da un vagone all'altro di un treno, come se non volesse che nessuno si rendesse conto di come la malattia e il tempo lo avevano ridotto. Ma ancora di più quell'ombra appoggiata al vetro di una clinica mi costringeva a pensare a un padre così smemorato da essersi dimenticato persino di avere avuto un figlio. Soltanto rientrare a casa, e ritrovare tutti i miei libri intatti al loro posto sulle pareti, mi rimpatriava in un presente familiare e ancora possibile.

A volte, lo penso vestito di bianco, che cammina sulla baia des Anges, il cammino degli angeli. Si è appena lasciato alle spalle la *promenade* e la lunga successione degli alberghi e palazzi storici di Nizza, con le loro facciate art déco e l'aria irrimediabilmente tramontata: la bella stagione è terminata da poco e a quell'ora il litorale è freddo e deserto. I turisti rimasti in città sono già a cena o nelle loro camere. Solo un gruppo di ragazzini gioca ancora a palla al confine con la spiaggia, e tra quei ragazzini ci sono anch'io.

Mio padre si siede su una panchina, estrae un piccolo libro da una tasca della giacca, si mette a leggere. A tratti solleva gli occhi dalle pagine, e mi guarda.

Mi sono chiesto a lungo che cosa avrebbe fatto se fosse venuto a conoscenza della gravidanza di mia madre. Forse era tornato a cercarla, al Negresco, e un'altra cameriera gli aveva detto che l'avevano dovuta licenziare, qualche tempo dopo. Ora lavora a La Primula, una pensione più a buon mercato, ma dignitosa, ha presente quale? Non è molto lontano da qua, verso l'interno, se vuole gliela indico. O forse l'aveva incontrata per strada, con il pancione, mentre attraversava sulle strisce, o dopo la mia nascita, che spingeva un passeggino o teneva un bambino per mano.

Chissà com'era andata. Se mia madre l'aveva riconosciuto, poi. Se si erano scambiati uno sguardo, una parola. Se si erano fermati, l'uno di fronte all'altra, e lui le aveva toccato la spalla, ma senza avere il coraggio di chiederle di chi fosse il bambino che aveva accanto o che ancora portava in grembo. Un calcolo sbrigativo avrà pur dovuto farselo, ma solo per escludere quello che non si poteva escludere, la possibilità di essere diventato padre a sua insaputa.

Ma che cosa lo aveva spinto a cercare il calore di una sconosciuta, in una notte che non avrebbe avuto repliche, né, per lui, conseguenze? Solo l'inebriante sensazione di poter avere ancora la compagnia di un'amante più giovane? Oppure l'oppressione di una solitudi-

114

ne che non sapeva più come arginare e che lo avvelenava nelle strade di quella città straniera, nell'anonimato dei suoi hotel, nella sua luce artificiale?

Mia madre si sarà interrogata per tutta la vita se di quell'uomo, e forse anche di se stessa, avesse percepito di più il capriccio o la vulnerabilità. Una vita intera a domandarsi di chi ero figlio, se di un'occasione, di uno sconforto o di una coincidenza. Ma come ci si saluta, dopo una notte come quella?

Le poche volte che era capitato a me, di dormire in un letto estraneo, di condividerlo soltanto per poche ore con una donna incontrata per caso, avevo sempre evitato di rivederla, in seguito. Per imbarazzo. Per vigliaccheria. Perché non sapevo cosa dirle. Oppure perché il tempo nasconde sempre quello che i corpi, nell'intimità, rivelano?

Mia madre era giovane, incosciente, appassionata. Lui, forse, nell'età in cui si perdono le difese e gli anni confondono memoria e desideri. L'ho sempre pensato con una leggera barba che gli imbianca le guance, un tipo solitario e di passaggio.

Quante volte mi sono osservato in uno specchio cercando di dedurre i suoi lineamenti dai miei. Sono io l'unico indizio della sua esistenza, la sola impronta che posso indagare. Ma anche eliminando dal mio viso tutti gli elementi che provengono dalla famiglia di mia madre, il suo identikit continua a sfuggirmi.

Mio padre cambia faccia ogni giorno. Certe mattine mi sembra di riconoscerlo in un signore distinto che fa colazione davanti al ninfeo di Mecenate, senza mai sedersi al tavolino, altre in uno qualsiasi dei *clochard* che dormono nel quartiere, sui loro letti di cartone. Per anni mi sono sforzato di tenere a mente i volti di tutte le persone che incontravo, perché la mia ossessione più grande è quella di essermi imbattuto in lui, senza averlo saputo.

Finirò per assomigliargli mio malgrado, ogni giorno che passa, con l'età. Ma soltanto quando sarò vecchio, saprò il suo vero viso.

K

Par une nuit de carnaval
Qui voulu rester inconnue

Mi sentivo una strana febbre addosso, e nessuna voglia di tornare a casa. Passai sotto l'arco di Gallieno e bevvi un sorso d'acqua alla fontana lì davanti. Sull'erba, dentro la cancellata di quella che era stata una delle porte più antiche di Roma, due gatti si stavano accoppiando, lanciando dei miagolii così acuti che ferivano le orecchie. Altri animali rispondevano a quei versi dalle strade vicine, come se partecipassero allo stesso dolore o allo stesso piacere. A un certo punto, la femmina si divincolò e provò a graffiare ripetutamente il maschio sul naso, senza riuscirci.

Tagliai verso la stazione, per mischiarmi al flusso di tutta quella gente che non la finiva mai di partire o di tornare. A Termini avevano da poco innalzato delle barriere per impedire l'accesso ai binari a chi era sprovvisto di biglietto. Una misura preventiva e di sicurezza già applicata in altre città, avevano scritto i giornali. Ma erano troppe le cose che quel giorno mi apparivano una sciocchezza.

117

Uscii dalla parte dei primi binari. Il caffè Trombetta, dall'altro lato del marciapiede, esibiva la sua antica insegna. Ogni tanto ci ero andato a bere un tè nella sala interna con qualche amico di passaggio da Roma o con Serena.

Stupidamente, poggiai il naso contro il vetro: tutti i tavoli, per quello che riuscii a vedere, erano vuoti. Superai un gruppo di turisti coreani intenti a indossare i loro *K-way* anche se non pioveva e ripresi a camminare.

La Biblioteca Nazionale non era molto distante da lì. Se ero fortunato, avrei potuto aspettare Marta all'uscita e dopo, magari, invitarla a mangiare una pizza e a fermarsi da me, se avesse voluto. Del resto, i nostri incontri erano imprevedibili come l'acqua di marzo: da anni ci tenevamo a una prudente distanza di sicurezza, senza invadere mai la vita dell'altro.

Attraversai il viale di Castro Pretorio, sospeso tra l'insofferenza e una vaga aspettativa, e mi ritrovai di fronte al lungo edificio della Biblioteca. L'erba di lato mi parve più verde del solito.

Avevo appena imboccato la stradina di mattoni bianchi che conduce all'ingresso, quando mi sentii chiamare. Marta aveva terminato il suo turno e portava una borsa sulla spalla con la sua consueta e irresistibile allegria, accompagnata da un ragazzo alto e biondo, forse più giovane di lei.

Lui è Sergio, un mio nuovo collega, disse quasi con dispetto quando la raggiunsi.

Sergio mi strinse svogliatamente la mano. Indossava dei vistosi pantaloni celesti, ma devo ammettere che possedeva un fisico molto più atletico del mio.

Marta mi osservò.

Che fine hai fatto, eri sparito.

Ho avuto molto lavoro.

Buon per te. Ora sto uscendo, ma ripassa quando vuoi.

Ti chiamo.

Ci sentiamo tra un paio di mesi, allora.

Ti chiamo domani, giuro.

Non ti sforzare, Vince, e sbrigati, se hai un libro da chiedere. La distribuzione chiude.

Il tempo cancella ogni traccia, come aveva detto il vecchio, e quella era la regola.

Da giorni avevo quest'espressione sul filo delle labbra.

Per gioco, aprii Google traduttore sul cellulare. In francese quella frase aveva un tono più gentile e musicale:

La main du temps efface toutes les traces.

Sarebbe potuta essere l'attacco di una canzone di Yves Montand o di Nino Ferrer.

In inglese filava invece veloce e fluida:

The hand of time deletes every trace.

Più solenne e meditativa in tedesco:

Die Hand der Zeit löscht alle Spuren.

Di nuovo melodiosa e quasi cantabile in portoghese:

A mão do tempo apaga todas as pistas.

Chissà che caos doveva essersi generato sulla Torre di Babele appena le lingue si erano mischiate. Fossi stato un reporter dell'epoca, mi sarei trovato nel mezzo di una situazione incandescente: l'amico che non sapeva più come comunicare con l'amico, il padre con il figlio, il manovale con il capomastro, il marito con la moglie, il giudice con l'imputato... dovevano essere stati momenti di assoluto sconforto: perdere di colpo il dono della comprensione reciproca, divenire stranieri a se stessi.

Ma anche da reporter, in che alfabeto avrei scritto la mia cronaca? E chi sarebbe stato in grado di leggerla?

Al mattino accesi il computer e iniziai a scorrere tutto quello che si trovava in rete sull'Alzheimer. La madrina della geriatria moderna, quel ramo della medicina sempre più necessario che si occupa della cura degli anziani, era stata un'inglese, Marjory Warren, una chirurga del West Middlesex County Hospital. Fu la prima, negli anni Trenta e Quaranta del Novecento, a mettere in discussione i metodi che si usavano per curare certe patologie della vecchiaia.

Nella maggior parte dei casi, si prescriveva un'ospedalizzazione prematura, che nuoceva ai pazienti. L'allettamento insistito, le brande con le sbarre, l'ordinario ricorso al catetere indebolivano i muscoli, le ossa, i riflessi, la volontà. La Warren sosteneva una pratica opposta: per lei, bisognava estendere le visite a domicilio, promuovere sempre le cure a casa e soprattutto valutare l'anziano non più secondo i singoli disturbi, ma nella complessità del suo stato.

Più andavo avanti a spulciare articoli e schede, più mi rendevo conto di quanto la geriatria esprimesse una ben precisa idea di approccio al malato, non paternalistico né settoriale. Forse nessun altro campo aveva sviluppato una filosofia della medicina così a largo raggio fino a codificare una prima visita geriatrica della durata di circa 45 minuti valida per tutti e condotta con il medesimo protocollo.

Dalle FAQ di un centro specialistico, mi scaricai i test di base ai quali viene sottoposto un anziano per valutarne l'autosufficienza motoria e cognitiva, il tono dell'umore, l'aspetto mentale e anche le condizioni sociali. Si trattava di questionari messi a punto tra il 1969 e il 1975, ma ancora usati in tutto il mondo per lo screening iniziale. Non saprei spiegare perché, ma il mio interesse cresceva a ogni rigo.

Scoprii che per prima cosa si esaminano l'abilità nell'uso del telefono, la capacità di fare acquisti, di preparare i pasti, di prendersi cura della casa, di usare i mezzi di trasporto, pubblici o privati, di assumere le medicine nelle giuste dosi e di gestire le proprie finanze. Poi si misura l'indice di indipendenza nelle attività di vita quotidiana: se l'anziano è ancora in grado di lavarsi da solo, di prelevare gli indumenti da un armadio, di indossarli, comprese la biancheria intima o le bretelle, se è capace di usare i servizi, controllare la vescica, alimentarsi senza assistenza. Soltanto all'ultimo si passa alla valutazione dell'area cognitiva.

Nella stanza del Nuovo Regina Margherita, l'ospedale di Trastevere dove la signora Baldini aveva accompagnato suo fratello alla prima visita, un medico gli aveva sicuramente rivolto le stesse domande.

Mi alzai per sgranchire un po' le gambe.

Non riuscivo a togliermi dalla testa quella scena. Un uomo che per tutta la vita era stato attivo e pieno di interessi, seduto di fronte a un dottore in camice, in attesa di sapere se il suo fosse un sospetto insensato oppure se per davvero lo minacciavano l'oblio e la demenza.

Può dirmi in che anno siamo?

La voce del medico aveva scandito ogni parola, invadendo il corridoio fino alla piccola sala adiacente, piena di gente che aspettava il suo turno.

Proseguii a leggere.

Il test aveva un nome: *Mini-Mental State Examination*, e le prime cinque domande concernevano l'orientamento temporale.

Vorrei sapere anche la stagione e il mese, la data di oggi e il giorno della settimana.

Il medico aveva sollevato il foglio e mosso qualche piccolo passo intorno al tavolo.

Provai a immaginare l'espressione sardonica e sprezzante del vecchio di fronte a delle domande così elementari e all'assurdità della situazione in cui era finito.

Mi dica adesso in che nazione viviamo, in che regione, qual è la città in cui abita, il nome di questo luogo e a che piano dell'edificio è salito.

Dal tempo alla geografia. Come se fosse scontato sapere sempre dove ti trovi. No, niente è mai sottinteso, o almeno lo è soltanto finché qualcuno non te lo chiede.

Le altre domande interessarono la memoria a breve termine (ripeta tre parole: pane, casa, gatto), l'attenzione e il calcolo (conti a ritroso partendo da 100 e togliendo 7 per cinque volte e poi sillabi all'indietro la parola MONDO), il riconoscimento degli oggetti (cosa le sto mostrando? qual è l'orologio e quale la matita?), la fluenza verbale (provi a pronunciare TIGRE CONTRO TIGRE) e la percezione spaziale (prenda questo foglio con la mano destra, lo pieghi e lo metta sul tavolo).

A ogni risposta era assegnato un punteggio. La maggior parte valevano zero o uno, ma alcune, come la prova di attenzione e calcolo, anche cinque punti.

Soltanto alla fine toccò alla parte che concerneva il linguaggio.

Legga quanto scritto su questo foglio. E dopo scriva una frase che contenga un soggetto e un verbo.

Il vecchio si aggiustò gli occhiali sul naso e impugnò la penna.

Guardi anche questi due pentagoni intrecciati tra loro e copi il disegno.

Mi sembrava di vederlo, con la bic per aria e gli occhi concentrati. Esitò un istante, poi eseguì quanto gli era stato richiesto. Il dottore terminò di appuntarsi il risultato dell'ultimo esercizio e conteggiò il totale.

La visita era finita. Cercai di indovinare cosa si potessero essere detti, prima di salutarsi.

Come mi sono classificato, dottore?

Lasci a noi, signor Baldini, il compito delle diagnosi.

La prego, è importante, non mi nasconda nulla, se sono venuto qui è perché so che qualcosa non va come dovrebbe.

Posso dirle soltanto che ha fatto bene a venire.

Ha riscontrato un deterioramento cognitivo?

Spettava al medico adesso rispondere. Ma non lo fece.

Lieve o moderato?

Ci tiene proprio a saperlo?

È un mio diritto.

Mi dispiace, ma lei è affetto da una demenza degenerativa primaria.

Devo avere fatto un pessimo punteggio, allora.

Non tutto è compromesso. Dipenderà da come reagirà alle cure.

Non mi prenda in giro, la prego. È una condizione irreversibile?

Di nuovo il medico restò a lungo in silenzio.

Sì, con ogni probabilità è irreversibile.

E finché manterrò memoria di questa nostra conversazione?

Non per molto.

Grazie, dottore.

Il vecchio si mise in piedi. La mano gli tremava leggermente, ma strinse lo stesso quella del medico con forza.

L

Et qui n'est jamais revenue
Tournoyer dans un autre bal

Quando aprii la porta, pensai che avessero sbagliato. Avevo di fronte un uomo. Non capitava quasi mai. La barba corta, i capelli di due o tre centimetri, la sciarpa piegata ad anello intorno al collo.

È lei il signor Vince Corso?

Sì.

Posso entrare?

Perdoni, non ricordo...

Ho preso un appuntamento, qualche giorno fa.

Cercai di sforzarmi.

L'ho fatta chiamare da una mia amica.

Perché non ha telefonato lei?

L'appuntamento vale lo stesso, o no?

Non sapevo cosa fare. Ma la voce dell'uomo non concedeva scelte.

Mi scansai, lui si tolse la sciarpa e il giaccone scuro e andò a sedersi sulla poltrona di pelle.

L'amica che l'ha chiamata per conto mio mi ha parlato molto di lei.

Di malumore mi sedetti anch'io.

Non so per quale motivo, ma ne è entusiasta. Ha detto che grazie a lei ha vinto una brutta depressione.

Mi fa piacere. Ma non ho nessun merito: avrò solo indovinato il libro giusto da consigliarle.

Dice che le è piaciuto il suo modo di parlare. E che nessuno ascolta come ascolta lei.

Se fossi così bravo, non credo che sarei ancora qui.

Magari è proprio questo il suo posto.

Avrei voluto contraddirlo, ma lasciai stare.

Come posso aiutarla?

La mia amica mi ha incuriosito e volevo conoscerla: mi chiamo Mirko. Posso chiederle come si trova, all'Esquilino?

Io?

Sì, lei, certo.

Direi che mi sono ambientato.

Si sente tranquillo, a lavorare qui, con tutti questi stranieri?

Non sono meno straniero di loro.

Non mi pare.

Se è venuto a chiedermi un rimedio letterario per qualche problema, la prego di dirmelo. Altrimenti di questi argomenti preferirei parlarne in un altro momento.

Ma ha guardato bene dove vive? Si è fatto un giro?

Cammino ogni giorno, con il mio cane.

E non le dà fastidio l'odore di cucina che si sente in ogni palazzo, anche nel suo? Oppure tutti quei bangla che abitano qui sotto sono amici suoi?

Senta, io finora non ho avuto problemi.

È sicuro che non le serva aiuto?

Sicurissimo.

Io credo che lei non abbia valutato tutti i pericoli che corre.

Non ho nulla di cui preoccuparmi.

Volevo soltanto dirle che ci stiamo organizzando.

Chi si sta organizzando?

Protezione civile. Siamo un gruppo di volontari. Aiutiamo chi ne ha bisogno. Ci arrampichiamo anche sugli alberi per recuperare un gatto, se necessario. Ha capito?

Non ho gatti, mi dispiace.

Vorrei essere chiaro, con lei, e non darle una cattiva impressione. Noi non odiamo nessuno. Siamo soltanto realisti. Tutti gli stranieri che vengono qua pensano che l'Italia sia un paese blu. E invece l'Italia non è blu. Ma lo scoprono sempre dopo.

Mi dissi che avevo fatto un grande errore a farlo entrare in casa.

E sa che succede, quando lo scoprono? Vanno sulla strada. Si sentono traditi. E iniziano a distruggere tutto quello che trovano. Scippano, spacciano, violentano pure le vecchie, non li legge i giornali? Siamo in guerra, l'aveva capito?

Per favore, ho un pomeriggio pieno di impegni.

Allora non è vero quello che dice la mia amica. Che lei sa ascoltare. O forse è uno di quelli che sanno ascoltare soltanto ciò che gli piace sentire?

Mi misi in piedi, ma Mirko mi afferrò per un polso.

Non ho finito ancora, non si agiti.

Fui costretto a sedermi di nuovo.

127

La sera si è mai fatto un giro, a via Giolitti? Non ha visto che dormitorio diventa la stazione, la notte? O non si è mai accorto di niente, come tutti quei giornalisti, quei professori universitari, quegli scrittori che vivono da queste parti e che come lei portano a spasso i cani a via Merulana?

Si passò una mano intorno al mento.

Ho l'impressione che lei cammini con gli occhi chiusi. E non veda niente di quello che ha intorno. Le basterebbe sollevare la testa dai suoi pensieri. Ma la testa le pesa troppo, l'ha riempita di troppi libri. Guardi qui, quanti ne ha. Non è così? Possibile che non si renda conto della montagna di spazzatura che abbiamo addosso, in questo quartiere? Ha mai fatto il conto degli ubriachi e dei drogati che ci sono? Ecco, volevo assicurarmi che qualcuno le spiegasse bene le cose come stanno, perché ho paura che non abbia le idee chiare.

Aspettai rassegnato che mi esponesse la sua visione dell'ordine mondiale.

L'Italia è in crisi, non ce la fa, disse Mirko. La verità è che non stiamo meglio di quelli che arrivano e che pretendono di essere aiutati. Anche i nostri ragazzi sono costretti a emigrare. La mia amica dice che lei è una persona sensibile. Allora, mi dica, qual è il vero significato della parola straniero per lei? Non le sembra che siamo diventati noi, gli stranieri, a casa nostra?

Una rabbia prepotente cominciò a invadermi.

Dicono che siamo razzisti. Io dico invece che c'è un razzismo al contrario, e che il vero razzismo è quello che subiscono gli italiani. O vogliamo che nelle nostre scuole si finisca per studiare il corano, con tutti questi musulmani figli di terroristi? Dobbiamo reagire. Altrimenti Roma il prossimo secolo sarà araba, cinese o africana. Che fine faremo? Siamo un paese che non fa più figli. Lei ne ha, a proposito?

No.

Ha capito perché?

Non ho incontrato la donna giusta.

Si sbaglia. È perché manca il lavoro. Lei un lavoro se l'è inventato, perché ha la fantasia che abbiamo solo noi italiani, ma quanto vuole che duri? Non ci potrà certo costruire una famiglia sopra, no? E i soldi intanto a chi vanno? Agli immigrati. Non le sembra un'ingiustizia?

Il suo punto di vista è chiaro...

O forse non le interessano le donne? Guardi, lo può dire, non mi scandalizzo mica. Non ho niente contro gli omosessuali. Basta che non chiedano di adottare un bambino. Non s'è mai vista una cosa del genere, in natura: due mamme, o due papà. Per essere sinceri, detto tra noi, questi omosessuali sono diventati troppi. È una moda anche questa. Non possono essere tutti veri. E molti ne approfittano, per traviare i minorenni. E poi pretendono troppe attenzioni. Non gli si può dire nulla, che si sentono offesi. Queste cose quasi nessuno ha il coraggio di dirle. Ma le pensano tutti, lo sa anche lei. Pure tutta quella gente bella che veste bene, e che dice di combattere per i loro diritti. Lei per fortuna non mi sembra un tipo da giacca e cravatta. Ma

129

non vorrei che fosse uno di quei comunisti tristi che si spaventano della loro ombra.

Senta, ho davvero molte cose da fare.

Le lascio questo opuscolo. Se lo legga. Noi chiediamo che a ogni italiano figlio di italiani venga riconosciuto un reddito di almeno 500 euro finché non sarà in grado di mantenersi da solo. Chi è nato qui, non può non essere d'accordo, non le pare? E si ricordi: siamo in guerra. Questo quartiere è il nostro fronte, ma lei deve decidere da che parte stare. Non c'è più tempo per mettere la testa nella sabbia. Se avrà qualche noia, e vedrà che ce l'avrà, ci chiami. Se non vuole confrontarsi con noi, si faccia un'altra passeggiata, da solo, ma senza prendersi in giro. Abbiamo esperienza di come si vive in questa zona.

L'uomo si alzò.

Questi sono per il disturbo. Siamo gente che non ruba il tempo degli altri.

Stirò sul tavolo una carta da venti euro.

Non posso accettare.

Non mi offenda.

Mi pagano per dare consigli, non per riceverli.

Me ne dia uno, allora.

Prenda questi soldi, e non si faccia più vedere.

L'uomo ripiegò i venti euro e li ripose nel portafogli.

Come vuole. Ma di solito non dà consigli di lettura? Non è questo il suo mestiere?

Andai alla libreria. Nello scaffale più in basso conservavo alcuni libri illustrati. Tirai fuori i primi. *L'approdo* di Shaun Tan. *La mela e la farfalla* di Iela e Enzo Mari. Ci misi un po' a trovare quello che cercavo.

Conosce questo libro?

Lo posai sulla scrivania.

No.

Lo prenda allora.

Mirko lo sfogliò, divertito.

Mi sta prendendo in giro?

Niente affatto.

Questo è un libro per bambini.

Ne ho prescritto un altro solo pochi giorni fa. Ma si sbaglia. In realtà è un libro che può leggere un bambino di un anno come un anziano di cento. Non ha bisogno neppure di guardare le poche frasi che sono scritte sotto le figure. La storia la si capisce lo stesso.

Lesse il titolo: *Piccolo blu, piccolo giallo*.

In alcuni comuni italiani è stato oggetto di censura, precisai, e ci sono sindaci ancora in carica che continuano a vietarlo. Glielo regalo.

Che storia è?

È la storia di una grande amicizia. Vede? I due amici per la pelle sono due macchie tonde di colore. Abitano in due case una di fronte all'altra, e i loro genitori sono mamma blu e papà blu e mamma giallo e papà giallo.

Mirko sorrideva, come di fronte a uno scherzo.

A volte fanno il girotondo con i loro compagni di scuola, a volte giocano a nascondersi e si perdono. Poi succede che si abbracciano, e da giallo e blu diventano entrambi verdi. Quando tornano a casa nessuno li riconosce. E allora scoppiano a piangere. Tante minuscole lacrime verdi. Finché non tornano a essere del loro colore di partenza, e tutti comprendono cosa è successo.

Mirko guardò gli ultimi disegni.

E cosa ci sarebbe da comprendere?

Che basterebbe un abbraccio per sapere quanto sia impastato il mondo.

Mi fissò negli occhi con disprezzo.

Ho capito perché è piaciuto alla mia amica. Lei è un povero idealista. Avrebbe dovuto fare il maestro elementare.

In effetti mi trovo meglio con i bambini che con gli adulti.

Non è mai tardi.

Mi presenterò al prossimo concorso.

Le auguro di riuscirci, e che in classe abbia bambini di un solo colore.

Lasciò il libro di Leo Lionni sul tavolo e si avviò alla porta.

Ragioni su quello che le ho detto.

Finalmente sentii le sue scarpe pesanti che scendevano per le scale.

M

A celles qui sont déjà prises
Et qui, vivant des heures grises

Marta si alzò dal letto per parlare al telefono con una sua collega. La luce prolungata di quel tardo pomeriggio di aprile ne definiva il corpo con precisione. La vedevo muoversi nel piccolo spazio del soppalco: due, tre passi, poi un giro veloce. Non so che cosa mi intenerisse di più, se quella voce allegra che riempiva la stanza o la femminilità che trasmetteva: il seno spavaldo e dritto, l'arco magro della schiena, la pancia leggermente protesa in avanti. Avrei potuto restare a osservarla per ore, da sotto le coperte. Le gambe le aveva sempre avute belle, questo lo ammetteva anche lei. A quell'ora e in quella strana soffitta in cui eravamo finiti a rinnovare la nostra promessa di volerci bene sembrava del tutto a suo agio, come se non avvertisse più nessuna forma di imbarazzo o di timore.

Marta terminò di parlare con la sua amica e posò il cellulare sul materasso. Poi si sedette con naturalezza al centro del letto e mi tolse il lenzuolo dalle spalle. Aveva un'espressione bambinesca e pensai che non avrei sopportato l'idea di dimenticarla.

Come altre volte, ebbi l'impressione che Emiliano mi aspettasse. Sedeva alla scrivania sommersa di libri e ne teneva uno aperto sulle gambe. Spostai una sedia, e lui si tolse gli occhiali dal naso.

Hai accettato, allora? mi chiese, come se avessimo appena interrotto la nostra conversazione di qualche giorno prima.

Sono stato dal vecchio.

Sei andato a trovarlo? Quando?

Meno di una settimana fa.

E avete parlato?

Per la verità di tutto quello che mi ha detto non ho capito che due parole in spagnolo, un'altra in latino, e soltanto una frase di senso compiuto.

Chiuse il libro che stava leggendo e lo posò sul tavolo. Si accarezzò la barba.

Due parole spagnole?

Sì, un'altra espressione tipica del gioco del *truco*.

Ah.

Una bella coincidenza, non ti pare?

Cada coincidéncia tem uma alma.

Che vi ha preso, a tutti, di parlare in un'altra lingua?

È il verso di un poeta brasiliano, Álvarez de Azevedo. Un modo elegante per dire che tutte le coincidenze sono legate tra loro, Vince.

Emiliano, credi davvero che ci possa essere una coe-

134

renza nei suoi discorsi strampalati? Dovevi vederlo, è soltanto un vecchio ammalato.

Ti ha dato un riferimento preciso, Vince.

Potrebbe essere soltanto uno scherzo della memoria. Era un poliglotta, collezionava vocabolari. Tutto si sarà mischiato nella sua testa.

Non puoi saperlo finché non troverai quel libro. Da fuori, sembra proprio che ci sia un rapporto che unisca tutte le sue parole.

E per quale motivo dovrei scoprirlo?

Consentire alla sorella di leggergli a voce alta un romanzo che ha amato mi pare una buona ragione, anche se non potrà fermare la malattia.

Non c'è nessun motivo sentimentale dietro questa ricerca, Emiliano.

No?

Sembra che il vecchio abbia messo da parte molti soldi, ma nessuno sa dove.

Te lo ha detto la sorella?

No.

Aspetta. Stai dicendo che c'è una cassetta di sicurezza di cui bisogna ritrovare la combinazione, o qualcosa del genere?

Forse.

E che il codice per aprirla è finito nel libro che i suoi parenti ti hanno chiesto di rintracciare?

Sì, credo sia andata così.

È il modo più originale che abbia mai sentito per nascondere il proprio patrimonio.

Anche i libri hanno i loro *caveau*, a quanto pare.

Dipende, allora, dalla provvigione che ti daranno.

Smettila, Emiliano.

Che problemi hai? Fatti solo pagare, e bene, ora che conosci le loro vere intenzioni.

Non ho nessuna voglia di aiutarli.

Se non lo vuoi fare per te, fallo per lui.

Che vuoi dire?

Te lo ha chiesto il vecchio, in fondo.

Ma se neppure mi conosce!

Se fossi caduto in un pozzo, che faresti, Vince?

Non ne ho idea.

Te lo dico io: grideresti aiuto verso chiunque si affacciasse a guardare dentro al tuo buco. Il guaio è che più sei andato a fondo, più ti tocca gridare. Ma all'esterno si sentirebbero soltanto delle parole senza senso. È un miracolo che tu ne abbia afferrata qualcuna ancora intera.

Pensi che mi stesse indirizzando una richiesta di soccorso?

Mettiti nei suoi panni.

Non è consapevole del luogo in cui si trova, né della malattia che ha.

Ne sei sicuro? Ammetti che oscuramente lo sia, o almeno lo sia stato, all'inizio.

D'accordo, e allora?

Ti ripeto la domanda. Cosa faresti, tu?

Cercherei di mettermi in salvo.

Esatto, è un istinto naturale. Ma se fossi ormai alla fine della tua vita, e ti avessero annunciato l'arrivo di un terremoto, prima di scappare o di essere travolto non ti preoccuperesti di proteggere quello che hai di più prezioso?

È il ragionamento che avranno fatto sua sorella con il marito.

È probabile che la loro ipotesi non sia errata.

Ritieni quindi che il vecchio non voglia mettere in salvo se stesso, ma la sua eredità?

Sì.

E cosa c'entrano i risparmi di tutta una vita con due parole spagnole? O con un orso che andava a comprare il giornale?

Questo è quello che devi scoprire.

Ma tu che idea ti sei fatto?

Di tutta questa storia?

Sì.

Emiliano sorrise prima di rispondere.

Le parole generano milioni di piste, Vince, ma se accosti quelle giuste e le sai interrogare trovi sempre una strada.

Ti lasci trasportare troppo. Siamo noi che la vogliamo vedere, una strada, a tutti i costi. Qui c'è solo un uomo in una casa di cura che tra poco non sarà più in grado di parlare.

Ma che ancora ripete delle frasi in relazione tra loro...

Quell'uomo non esiste più, Emiliano. È svanito insieme alla sua memoria.

E se non fosse così?

Pensi che il vecchio stia prendendo in giro tutti?

Anche questa ipotesi va contemplata.

Un'impostura?

Siamo solo una storia raccontata da un idiota, piena di rumore e furore, che non significa nulla, ci ha detto Shakespeare.

È inutile, Emiliano, non mi seduci. Se davvero esiste un'eredità, i suoi familiari la recupereranno soltanto per caso oppure nessuno la reclamerà mai e un giorno la intascherà la banca in cui era stata depositata.

Trova quel libro, Vince. Trovalo lo stesso.

E se per davvero avesse finto?

Conoscevo diverse storie di grandi contafavole. Nella mia *Agendina dei bugiardi* continuavo a catalogarne a frotte tanto che avevo quasi esaurito lo spazio. L'ultimo si chiamava Enric Marco, e non era neppure un personaggio di finzione. Si trattava di uno che dal dopoguerra in poi aveva interpretato la figura del reduce dal campo di sterminio nazista di Flossenbürg e di eroe antifranchista della guerra civile andando su e giù per la Spagna in veri e propri tour tra conferenze e incontri con le scuole, diventando persino il presidente dell'associazione dei sopravvissuti e il segretario del sindacato anarchico. Avevano scoperto il suo inganno quando aveva ormai novant'anni, eppure il suo lavoro di testimone lo aveva fatto bene, per tutta la vita, e forse con più efficacia di chi quelle esperienze le aveva vissute per davvero. A raccontare la sua storia e le sue contraddizioni e ambiguità era stato uno scrittore che mi commuoveva sempre, Javier Cercas. Per il titolo del suo libro, era bastata una parola: *L'impostore*.

Possibile che anche il fratello della signora Baldini avesse inscenato un così grottesco e tragico imbroglio? E per quale motivo?

Il poeta è un fingitore
finge così completamente
che arriva a fingere che è dolore
il dolore che davvero sente.

Non cominciava così anche l'*Autopsicografia* di Fernando Pessoa? Ma si poteva simulare la demenza, sbagliare i test, ingannare medici e logopedisti esperti tanto da ottenere una diagnosi di Alzheimer conclamato?

Mi si affollarono alla memoria una gran quantità di nomi. I maestri della lusinga e del raggiro, come Jago e Casanova; il pirata Long John Silver, con il suo incrollabile comandamento: dire sempre falsa testimonianza; un fuoriclasse come Zeno Cosini, che incantò legioni di psicanalisti, critici letterari, lettori e forse perfino se stesso facendosi passare per inetto pur di affermare il suo desiderio di rivalsa contro il mondo. Ma questa questione riguardava anche la vergogna. E la vergogna era un sentimento che si mischiava spesso con il sangue, come aveva raccontato Carrère ne *L'avversario*.

Tuttavia, il falsario più affascinante per me restava l'abate Vella del *Consiglio d'Egitto* di Sciascia, un altro modello preso dal vero che per quasi vent'anni aveva messo in scacco i più importanti filologi e arabisti d'Europa, trasformando un convenzionale codice sulla vita di Maometto nella riscrittura rivoluzionaria dell'intera storia dei musulmani in Sicilia.

A pensarci bene, l'intera letteratura mondiale poteva riassumersi in un gigantesco trattato sull'impostura. Come se la menzogna romanzesca fosse l'unico modo possibile per protestare contro la manomissione della memoria da parte del potere, della malattia e della morte. La voce di Pinocchio o di Holden Caulfield non erano, forse, delle voci di straziante autenticità?

Di bugiardi in carne e ossa ne avevo incontrati molti, da bambino. Mia madre mi aveva insegnato a riconoscerli. Gente che viveva di piccole truffe, gabbamondo dalle gambe lunghe e i pantaloni stirati, avventurieri di provincia.

Li vedevi da come entravano in albergo, dal loro sorriso furbo, ammiccante, complice. Dalla capacità di affabulare, a cena. Dalla simpatia che emanavano.

Ma fino a dove ci si poteva spingere? E mio padre in quale casella dovevo inserirlo? In quella del seduttore che una sera convince la giovane inserviente di un hotel di lusso a seguirlo in camera e all'indomani sparisce, oppure in quella dello sbadato, che di una notte d'amore cancella ogni segno, anche il possibile futuro che ha appena determinato? E tra lo sbadato e il bugiardo, chi era il peggiore?

Questa storia cominciava a sollevare troppi interrogativi, la maggior parte dei quali sarebbe rimasta inevasa. Una risposta avrei voluto averla, prima o poi, così come da anni aspettavo di ricevere delle cartoline di ritorno a tutte quelle che scrivevo io, anche se sapevo che non sarebbe stato possibile.

Di sicuro, a Nizza, i concierge del Le Negresco dovevano chiedersi chi fosse quel pazzo che spediva al loro indirizzo una cartolina al giorno da una città lontana come Roma. Spesso le lasciavo terminare con una virgola o un avverbio, come se fossero le parti di un discorso interrotto, che riprendevo sempre ventiquattro ore dopo. Erano la lettera a mio padre che non avevo avuto il coraggio di scrivere, sbriciolata in una infinita sequenza di frasi.

Se un portiere volenteroso avesse voluto appenderle, una accanto all'altra, nella hall o su una parete abbastanza grande da contenerle tutte, si sarebbe potuto finalmente leggere per intero la mia unica e interminabile domanda riassunta in due striminzite parole:

Chi sei?

Ho avuto sempre un debole per i bugiardi e per gli spacconi, e se mio padre fosse stato uno di loro lo avrei perdonato. Ma non riuscivo ad assolverlo per l'oblio a cui, consapevole o no, mi aveva destinato.

Près d'un être trop différent
Vous ont, inutile folie,

Il ristorante lo scelse Feng, come aveva promesso. Si trovava in una traversa, poco prima del Palazzo del Freddo. Mi sentivo nervoso come un adolescente. Feng, per fortuna, non mi aveva fatto aspettare troppo. Era arrivata alle mie spalle poco dopo le otto, come avevamo stabilito, davanti l'università. Poi ci eravamo incamminati per via Principe Eugenio.

L'ambiente era molto spazioso. Una grande sala con i tavolini rotondi, di quelle che si usano per i matrimoni o le feste di compleanno. Le sedie rivestite di stoffa viola con un fiocco dietro. Gli specchi alle pareti. Una tenda in fondo, a sipario.

Un séparé di legno divideva la cucina dal resto dello stanzone. Dai vetri si potevano vedere i cuochi lavorare.

Non ti fare ingannare dall'arredo, disse Feng, è il miglior ristorante cinese di Roma.

Un cameriere in livrea ci accompagnò al tavolino più lontano. Mi sedetti un po' diffidente. Feng si tolse il cappotto: indossava un vestito verde, attillato.

Il capocuoco è di Hong Kong: è uno dei migliori al mondo. Hai preferenze?

Mi fido di te.

Lascerei fare a loro, se non hai problemi.

Sono nelle tue mani.

Fidati. Non sarai deluso.

Richiamò il cameriere e scambiò con lui qualche frase veloce.

Ti manca la Cina? le chiesi, quando si allontanò.

Mi mancano alcune persone. Ma dover usare la mia lingua tutti i giorni mi fa sentire meno lontana.

Ti piace insegnare?

Sì, anche se non è facile per i miei studenti imparare il mandarino.

Sono molto coraggiosi, a studiarlo.

Una ragazza l'altra mattina mi ha detto che ci sono parecchie lingue complesse. Ma che anche gli arabi fanno capo alla stessa logica degli occidentali, per quanto l'alfabeto si sia sviluppato in un altro modo. I cinesi no. I cinesi, per lei, sono dei marziani caduti sulla terra. Mi ha fatto molto ridere.

Dalle plafoniere fissate al controsoffitto cadeva una luce che rendeva i caratteri del suo viso, mentre parlava, ancora più irregolari. Pensai che avrebbe potuto essere con ogni verosimiglianza una creatura proveniente da un altro universo.

E a te piaceva insegnare?

Non ho mai capito come usare bene la voce, ma entrare in classe mi rendeva felice.

Sono sicura che eri un entusiasta.

143

Purtroppo l'entusiasmo non basta, ma sì, cercavo di trasmetterlo, per quello che potevo.

E perché hai smesso?

Si sono dimenticati di me, al Provveditorato.

Così ti sei messo a risolvere giochi enigmistici...

In un certo senso, anche se questo me l'hanno commissionato.

Arrivò un piatto di involtini primavera freschi e uno di ravioli di maiale alla griglia e iniziammo a mangiare.

Per la verità, non credo che questa volta riuscirò ad arrivare alla fine, dissi.

Ti pagano?

Sì.

Allora credo che dovrai sforzarti.

Non sempre i soldi sono una ragione sufficiente.

Sono una ragione necessaria. A meno che tu non abbia degli altri motivi.

Non lo so, Feng, ma da quando è iniziata questa storia stanno accadendo delle cose inaspettate, come questa serata, per esempio.

È per venire a cena con me, quindi, che ti sei messo a cercare questo libro?

Aveva davvero un bel sorriso.

Vorrei semplicemente restituirlo all'uomo che lo ha perso.

È un tuo amico?

No, l'ho conosciuto solo qualche giorno fa, nella clinica dov'è ricoverato. Soffre di problemi di memoria: ha l'Alzheimer.

E in che modo io potrei esserti utile?

Mi ha chiesto un foglio e una penna. Avevo in tasca una cartolina, gliel'ho data, e lui ci ha pasticciato questi simboli incomprensibili.

Estrassi la cartolina dalla giacca. Feng inforcò gli occhiali e se la rigirò tra le mani.

Conosceva il cinese?

È stato un sinologo molto apprezzato. Aveva girato le ambasciate di mezzo mondo. Puoi dirmi se questi scarabocchi hanno un senso?

Sono molto confusi.

È già incredibile che sia riuscito ad abbozzarli. Tra le varie abilità che i malati di Alzheimer perdono, una delle prime è la capacità di scrivere. Non credo che questi segnacci valgano più di un disegno infantile.

Raccontami per bene cosa era accaduto prima.

Niente di particolare. Si era spenta la televisione, nello spazio comune, al centro del corridoio. Un altro malato aveva alzato la voce, ma non perché stesse seguendo un programma: siedono lì davanti, senza capire nulla di quello che vedono.

E lui?

Lui mi ha portato vicino alla finestra, ha voluto questo foglio e la mia matita e quando ha finito di imbrattarlo mi ha sussurrato all'orecchio una parola, *clavis*, ma non potrei giurarci.

Il cameriere intanto continuava a riempire il tavolo di altre portate. Provai la zuppa di spaghetti di grano duro con pezzetti di manzo e cavolo cinese. Feng mi suggerì di assaggiare anche le spuntature di maiale fritto con maionese, i funghi e le polpette di taro.

Purtroppo non ci sono chiavi, in questa storia.

Ne sei sicuro?

Sì, e anche se esistessero, non mi riguardano.

Feng mi restituì la cartolina del vecchio.

È impossibile da decifrare.

Lo immaginavo, volevo solo averne la conferma.

Si pulì le labbra.

Hai mai sentito parlare della *clavis sinica*?

No.

Feng rinforcò gli occhiali sul naso. Tirò fuori una penna dalla borsa e iniziò a scrivere su un tovagliolo di carta.

Questo è il mio nome, vedi?

Sì.

È composto da questa parte, che vuol dire donna, e da quest'altra che significa uccello.

Osservai le differenze.

Guarda qui, invece. Questi tre ideogrammi sono mare, fiume e lago, e tutti e tre contengono il simbolo dell'acqua.

Lo cerchiò, per rendermelo più chiaro.

La stessa cosa vale per molte altre parole. Il metallo, e tutti i suoi derivati, per esempio il rame o l'argento. Ma non sempre è così facile. Questo significa pioggia, invece.

Lo disegnò.

Non sembrano delle gocce che cadono dietro una finestra?

Sì.

Qui il radicale dell'acqua non c'è, però.

Assentii.

C'è chi sostiene che al principio le parole furono suoni, e che questi suoni provavano a imitare la natura. Forse ricordavano il gracidare delle rane o il verso delle gru. Qualcuno si spinse a dire che in epoche ancora più remote gli uomini primitivi conoscevano il linguaggio degli uccelli.

La voce di quella donna aveva un ritmo pacato e profondo. Pensai che avrei potuto continuare ad ascoltarla per ore, anche se avesse letto la lista della spesa. Arrivò un piatto di anatra alla pechinese. Accartocciai le verdure sottili e la carne nella crêpe.

Dopo essere state suoni, continuò Feng, le parole divennero disegni, poi figure, l'invenzione della scrittura andò di pari passo con l'invenzione del linguaggio. La parola fu un dono, ma anche una conquista.

Ti appassiona questa storia?

Nessun altro essere vivente aveva mai sentito prima di noi la necessità di dare un nome a tutto. Cosa c'è di più affascinante dell'invenzione degli alfabeti? La faccenda ha anche un aspetto magico. Riguarda il potere che conferiamo alle parole. Sono le parole che hanno creato il mondo, non viceversa. Se vuoi, puoi leggere la tua Genesi come la nascita di un dizionario.

Ne sei convinta?

Sono convinta che le cose comincino a esistere soltanto dopo essere state nominate.

Anche l'amore?

Sai che c'è una leggenda che vuole che Noè sia sbarcato in Cina, alla fine del diluvio?

In Cina?

147

Quando i primi missionari si trovarono di fronte agli ideogrammi cinesi pensarono che, se avessero scoperto come funzionava questo sistema di segni, avrebbero avuto in mano la chiave della lingua originaria. A loro, la nostra sembrò la più vicina alla prima lingua parlata dagli uomini, quella che secondo la Bibbia era comune a tutta la terra prima della costruzione della Torre di Babele.

La lingua con cui Adamo parlò con Dio?

Sì. I tedeschi la chiamano l'*Ursprache*. Gli studiosi si erano chiesti per secoli in che lingua Adamo aveva dato un nome agli uccelli del cielo, a ogni animale dei campi e infine alla sua compagna, la donna, carne della sua carne. All'inizio tutti pensarono all'ebraico. Ma poi si scoprirono alfabeti più antichi, tra cui il cinese.

Per questo si inventarono che l'arca di Noè avesse toccato terra sulle vostre coste?

Alcuni gesuiti si diedero questa spiegazione: i cinesi non avevano partecipato al cantiere della Torre, e per questo erano rimasti al riparo dalla confusione derivata dopo il suo crollo. Nessuna invasione, commercio o punizione divina avevano corrotto o inquinato la loro lingua. Fu come scoprire un reperto archeologico. Un enorme tesoro che non si sapeva però come scassinare. Serviva un grimaldello.

Inizio a capire.

Secondo questa teoria, gli ideogrammi cinesi provenivano direttamente da una scrittura primitiva geroglifica che con l'aiuto di una chiave si sarebbe potuta decifrare.

La lingua prima dell'invenzione dell'alfabeto?

La lingua madre. La lingua perfetta. Quella da cui sono discese tutte le altre. Una lingua fatta solo di concetti astratti e di immagini concrete, come l'icona di un pesce o di un'aquila.

Sembra una leggenda.

Lo è. I missionari cominciarono a smontare gli ideogrammi e impararono che 214 radicali entravano nella composizione di tutti gli altri simboli. Prima ancora di diventare un suono, ognuno di loro consisteva in piccoli tratti di pennello che possedevano un preciso significato, come quelli che ti ho mostrato. Potevano indicare un drago come la forma di una donna, una unità numerica oppure un coperchio, il ghiaccio, il deserto, un coltello, una piuma...

Sarebbe questa la *clavis sinica*?

Sì, 214 segni con cui formare tutte le parole, mischiandoli tra loro. A ogni radicale corrisponde un artiglio, una conchiglia, una tartaruga, ma anche la morte, il discorso, il fiato, i presagi, il doversi separare, lo spirito degli antenati.

Mi ricorda quell'enciclopedia cinese che divideva gli animali in appartenenti all'imperatore, imbalsamati, ammaestrati, sirene, cani randagi... Di fronte alla varietà dell'universo, ogni elenco sarà sempre arbitrario, non credi?

Un po', eppure gli antichi si sforzavano di risalire all'essenza di tutte le cose. Noi non lo facciamo più.

Forse basterebbe ridare senso alle parole che usiamo. Da quando sono stato in quella casa di riposo, non faccio altro che pensarci, Feng.

Finii l'ultimo boccone che mi era rimasto nel piatto.

Erano lì, e non riuscivano a terminare una frase. Il loro linguaggio era regredito fino alla lallazione infantile. Si esprimevano come un bambino a cui nessuno si fosse mai preso la briga di insegnare il suono di una sola lettera.

Il cameriere portò dei dolci di cocco con ripieno di sesamo.

Ho paura che non ci sia nessuna lingua madre, Feng, che non ci sia mai stata. Oppure che, se esiste, somigli per davvero a quella degli uccelli.

Chiesi il conto e tirai fuori il portafogli.

Ne valeva la pena: è davvero il miglior ristorante cinese di Roma.

Feng provò a protestare, ma inutilmente.

Spero solo di non averti annoiato con tutte queste storie, disse.

Niente affatto: a parlare con te si imparano sempre molte cose. Posso accompagnarti a casa?

Prenderò un taxi. Sono un po' stanca, oggi ho avuto due corsi da seguire. Ma puoi farmi compagnia, se ti va, finché non lo trovo.

Ci dirigemmo a piedi verso la piazza continuando a parlare delle nostre giornate, dell'università, del mio lavoro, di tutto quello che ci piaceva, e di quello che invece ci dava fastidio, e di come stava diventando difficile vivere in una città come Roma.

Quando ci rivedremo? le chiesi appena arrivammo alla stazione di Santa Maria Maggiore.

Presto.

La prossima settimana?

Non abbiamo bisogno di darci appuntamenti, Vince. Ci siamo incontrati per caso, e sono sicura che continueremo a farlo.

Ma quando? Non ho neppure il tuo numero di telefono.

Quando avrai risolto il caso e trovato il libro, detective.

È l'appuntamento più improbabile che ci potremmo dare.

Dipende da te.

Aprì la portiera della macchina che aspettava di lato al marciapiede e vi entrò dentro.

O

Laissé voir la mélancolie
D'un avenir désespérant

Da qualche parte, conservavo una vecchia edizione della Bibbia. Una volta, avevo sentito uno scrittore messicano che aveva il nome di un astronauta e di un allenatore di calcio, Yuri Herrera, dichiarare che la Bibbia era la sua lettura serale preferita: un compendio di tutti i generi letterari possibili, dalla *crime fiction* alla parabola, dalla letteratura fantastica a quella di viaggio, dalla narrativa d'inchiesta al racconto dell'orrore. Alcuni libri, come la Genesi o l'Esodo o l'Apocalisse, facevano addirittura genere a sé.

Io ne possedevo una copia scolastica, con la copertina marrone. Me l'ero portata dietro in tutti i miei traslochi, ma non avevo nessuna idea di dove fosse. La recuperai soltanto per il colore della costa e i fregi dorati. L'avevo collocata, inspiegabilmente, nel palchetto che ospitava le storie d'amore finite male, accanto a *Giulietta e Romeo* e a *L'amore fatale* di Ian McEwan. Chissà che ne avrebbe pensato il giovane scrittore messicano. In fondo, quello di Adamo e di Eva non era stato l'amore più fatale della storia, oltre che il primo? E che dire di Davide e Betsabea, Sansone e Dalila, Oloferne e Giuditta? Anche nel Nuovo Testamento, gli esempi non mancavano.

Misi su *Que reste-t-il de nos amours* di Charles Trenet e mi stesi sul divano. Django si accucciò ai miei piedi.

Feng aveva detto che avrei potuto leggere la Genesi come il racconto della nascita di un dizionario. Nel quinto versetto, Dio aveva chiamato la luce «giorno» e le tenebre «notte». E separato le acque dalle acque con una distesa a cui aveva dato il nome di «cielo».

Il primo vocabolario del mondo fu composto da queste quattro parole: luce, giorno, notte e cielo. Soltanto dopo Dio ne aggiunse altre: terra, mare, albero, a cui seguirono le stagioni, gli anni, le stelle, gli animali, e solo alla fine l'uomo e la donna.

L'uomo lo creò dalla polvere, e nacque insieme alla pioggia e ai fiumi. Ma prima ancora di dargli una compagna, impartì ad Adamo l'ordine di non mangiare nessun frutto dall'albero della conoscenza del bene e del male, perché se l'avesse fatto la lingua degli uomini avrebbe conosciuto una nuova voce: la parola «morte».

Andai avanti.

Il capitoletto sulla Torre di Babele veniva dopo il diluvio e l'arca di Noè. Cominciai a leggerlo mentre fuori aveva appena ricominciato a piovere.

«Tutta la terra aveva un medesimo linguaggio e usava le stesse parole».

Il medesimo linguaggio, le stesse parole.

Iniziava così, quella storia.

Nella fertile pianura nella quale si erano stabiliti, tutti gli uomini parlavano una sola lingua. E continuarono a farlo finché non accesero un fuoco per cuocere dei mattoni e non servirsi più delle pietre. Avevano deciso di edificare una città e insieme di penetrare il cielo con la punta della più alta torre che fosse mai stata costruita.

Al posto della calce, usarono il bitume. E quando furono pronti, si misero di buona lena al lavoro. Ma Dio si offese, come se lo avessero sfidato. Quella torre era un'insolenza spudorata. È vero, l'aveva detto Lui che bisognava elevarsi al cielo, ma con lo spirito, non con il corpo.

«Ecco, sono un solo popolo, e hanno una lingua sola».

Rilessi questo passo.

La lingua in comune era il segreto della loro forza, era quello che rendeva gli uomini invincibili e in grado di scalare il cielo. Per questo Dio non ebbe scelta: scese sulla città di Babel e sconvolse il loro linguaggio, «in modo che non s'intendessero più gli uni con gli altri» e regredissero a una condizione animale. Tanti piccoli e repellenti Gregor Samsa a cui non lasciò che degli orribili versi da insetto per chiedere aiuto. Poi li disperse sulla faccia di tutta la terra, e la torre fu abbandonata.

Andai a sedermi al pc per saperne di più e il primo link nel quale mi imbattei fu il famoso quadro di Bruegel che la ritraeva. Un monumento alla solitudine degli uomini che s'innalzava incompiuto in riva a un fiume. Somigliava a uno smisurato Colosseo che si sviluppava verso l'alto e che era franato da una parte. Un Colosseo che ne conteneva un altro, e un altro ancora, all'infinito.

A volerne la costruzione era stato Nimrod, che nella Genesi veniva detto figlio di Cam e discendente di Noè ed era il re in carica in quel momento. La sua tirannia era stata la risposta umana alla ferocia di un Dio che aveva sommerso di acqua la terra. La torre sarebbe stata più alta di ogni possibile inondazione, così tanto da vanificare la minaccia di un secondo diluvio. Avrebbe sfiorato la luna e raccolto tutte le città in una sola, interminabile e verticale.

Alcuni siti sostenevano che la torre fosse esistita per davvero, e ve ne fossero diverse tracce, tra le antiche *ziqqurat* diffuse nella piana di Babilonia. Altri fissavano intorno a 4.200 anni fa l'epoca esatta della sua costruzione. Ma lo studioso più interessante che se ne era occupato era stato Athanasius Kircher, il grande erudito del Seicento.

Connettendosi alla pagina della biblioteca di Heidelberg, chiunque poteva leggere online e sfogliare virtualmente l'edizione stampata ad Amsterdam nel 1679 dalla tipografia di Janssonius van Waesberge del suo libro *Turris Babel sive archontologia*.

Benedissi la rete. Questo gesuita geniale e appassionato anche della civiltà cinese e dei geroglifici egizi, aveva tentato a ritroso di riprodurre il progetto di Nimrod per confrontarlo con le leggi della fisica. Come sarebbe stato possibile realizzare un edificio simile?

Kircher calcolò che per raggiungere la luna sarebbe servita un'altezza di 178.672 miglia e una forza lavoro di oltre 50.000 uomini. Ma la torre sarebbe pesata tre milioni di tonnellate, compromettendo l'asse terrestre e spostando la Terra dalla sua orbita. Per elementari regole di stabilità e bilanciamento, sarebbe inevitabilmente collassata su se stessa.

Forse la maledizione dei grattacieli cominciava da lì, pensai, rammentando come l'11 settembre avesse segnato la fine della giovinezza di molte persone, compresa la mia. Spensi il computer, chiusi la Bibbia e salii a dormire, immaginando il vecchio che alla stessa ora camminava senza pace per un corridoio illuminato. Come avrei potuto salvare le sue ultime parole, e trovargli un significato?

Il mio Malaguti l'avevo parcheggiato fuori dal portone, vicino alla moto dei Malfenti. Anche quella giornata si presentava nuvolosa, ma non avrebbe piovuto. Mi spinsi il casco sulla testa, faticando come sempre a chiuderlo sotto il mento. Poi misi in moto, girai intorno alla Basilica e infilai via Cavour.

La trovai già intasata, nonostante fosse ancora mattina. Ogni volta mi chiedevo cosa ci stesse a fare in giro tutta quella gente. Possibile che come me avessero tanto tempo da perdere? Scartai sulla sinistra, superando un furgone bianco incolonnato davanti a un semaforo. Al verde diedi gas e tagliai giù da via Panisperna.

Quella strada mi provocava sempre una strana vertigine, non so se per quel saliscendi improvviso, a forbice, che spezzava il respiro, o per tutte le memorie che il suo nome conteneva. Ma anche le città si ammalano di oblio, e in quella dove vivevo la mano del tempo aveva mischiato tutte le piste possibili.

Attraversai Ponte Garibaldi. Il fiume scorreva gonfio, color terra. Imboccai il rettifilo di viale Trastevere mentre un tram sfilava via sulle rotaie umide e poco dopo scorsi una H illuminata. Legai il motorino di fianco al Ministero della Pubblica Istruzione, che conoscevo fin troppo bene.

Anche il presidio ospedaliero del Nuovo Regina Margherita mi era familiare, ma non ci avevo mai messo piede. Sapevo soltanto che era stato un antico monastero benedettino e di clarisse e successivamente un ospizio per anziani malati e indigenti.

L'ingresso non era sorvegliato da nessuno. Scivolai di lato alla sbarra e voltai a destra, per una lieve pendenza. Qualche camice bianco andava e veniva da una porta. Una coppia litigava per un'analisi dimenticata a casa, ma forse si trattava soltanto di vecchi risentimenti tra coniugi.

Percorsi un cortiletto squallido e ingolfato da cinque o sei macchine parcheggiate su un ammattonato grigio. Si sentiva il rumore di una ventola che soffiava dell'aria calda da una grata. Senza sapere dove portasse, varcai l'arco che conduceva all'interno e la sorpresa mi paralizzò.

Davanti ai miei occhi si apriva il più grande chiostro di Roma, immerso in un'oscurità irreale. Una catena imprevista di archetti, gallerie e portici, come in quelle immagini moltiplicate all'infinito da uno specchio che si riflette in un altro. Tutto contribuiva a dilatare lo spazio e a creare l'effetto musicale di una fuga: la doppia fila di colonnine al centro; il gioco della prospettiva; la danza delle ombre sulle soglie basse dei muretti, che lasciava intravedere un giardino incolto e selvatico nel mezzo.

Per qualche miracolo, quell'angolo di medioevo ai piedi del Gianicolo era sopravvissuto ai saccheggi e alle devastazioni. Anche la luce vi cadeva diversa, obliqua e discreta, come se fosse scesa per nascondere, non per illuminare.

Una donna seduta da una parte, su una carrozzina, mosse la pelle avvizzita delle palpebre e mi osservò come un intruso. Poi mi chiese dell'acqua. Notai un bar, sotto una volta, e andai a informarmi. Ma al bancone non trovai nessuno. Tre operai erano inginocchiati a terra; gli armadi refrigerati per le bibite, spalancati. Sfilai da un ripiano mezza minerale e la portai fuori alla signora sulla sedia a rotelle.

Il centro per i disturbi cognitivi e la demenza senile era al primo piano. Salii tre gradini e chiamai l'ascensore. In alcuni punti l'intonaco appariva scrostato, ma l'ambiente non dava l'idea di essere sporco. Sopra, una breve rampa di metallo conduceva al reparto.

Mi affacciai da una finestra. Tutti i monaci, le suore, i vecchi e gli infermi che si erano sporti da quel davanzale, per quasi mille anni, avevano visto lo stesso panorama che vedevo io in quel momento: più che un chiostro, la sua idea perfetta e tangibile. Mi venne voglia di fumare, ma la vinsi.

L'accettazione era deserta. Mi mischiai ai pochi presenti, come se fossi venuto a prendere un parente, e mi sedetti nella sala d'attesa più avanti.

Tutto era come l'avevo immaginato. Il colore delle pareti, le dimensioni ridotte della stanza, le voci che giungevano dalle camere successive. Un uomo appoggiato a un bastone ortopedico mi chiese se anche la mia bilancia segnava ogni giorno un peso diverso. Dissi di no, purtroppo, e lui si mise a ridere.

Rimasi per un po' ad assistere al via vai dei dottori e dei paramedici lungo il corridoio. Uno sgomento freddo mi aveva fiaccato le gambe. Cosa ero venuto a cercare non lo so, ma avrei potuto restare lì tutto il giorno, senza muovermi, né dire niente.

P

Chères images aperçues
Espérances d'un jour déçues

E così lei vorrebbe fare la scrittrice?

Elda Torre ignorò la domanda, come chi non vuole dare troppo peso alle sue ambizioni. Ma la ritrosia con cui muoveva gli occhi e l'incapacità di stare ferma ne tradivano l'insofferenza. Appena finita quella seduta, mi sarei concesso una delle tavolette di cioccolato amaro che tenevo di riserva per i giorni difficili.

Negli ultimi anni sono usciti parecchi manuali in grado di fornirle tutti i suggerimenti di cui ha bisogno, così tanti che non è facile scegliere, le dissi fingendo una padronanza sull'argomento che non avevo.

Potrebbe cominciare con le *Lettere a un aspirante romanziere* di Vargas Llosa o con i *Consigli a un giovane scrittore* di Vincenzo Cerami. Ogni libreria ha ormai un intero reparto dedicato al tema, ed è uno dei pochi settori che non ha avuto flessioni di vendita. Ma per lei i titoli più utili potrebbero essere il *Pronto soccorso per scrittori esordienti* di Jack London o *Niente trucchi da*

160

quattro soldi di Raymond Carver. Sono sicuro che si addicono al suo caso.

La mia nuova paziente accavallò le gambe. No, non sarebbe stato semplice, come speravo. La materia era scabrosa. Avevo conosciuto tanti aspiranti romanzieri, nelle scuole secondarie di Roma e provincia – quasi la totalità dei miei colleghi – e sapevo quanto potesse diventare aggressiva, per sé e per gli altri, la loro frustrazione.

Nel primo, continuai sempre con l'aria di uno che se ne intende, troverà un piccolo articolo in cui London, senza tanti giri di parole, dice che le cose più importanti del mestiere di scrivere sono due: la fortuna, e stare in salute. Oltre ad avere per davvero qualcosa da dire, non *credere* soltanto di avere qualcosa da dire.

Le mie parole caddero in un silenzio impenetrabile. Mi feci forza.

Delle pagine di Carver mi ricordo, invece, di quando passa l'aspirapolvere in casa o siede sconsolato in una lavanderia a gettoni. Un vero scrittore non smette mai di esserlo. Il suo cervello ruota di continuo, proprio come il cestello di una lavatrice. Ogni situazione può essere buona per lavorare. Per quanto possa sembrare strano, passare l'aspirapolvere aiutava Carver a concentrarsi. Era come andare a farsi una vasca in piscina. Gli venivano le idee, e soprattutto gli venivano le frasi. Molti famosi incipit dei suoi racconti li concepì pulendo la moquette del salotto, ci crede? Da quando ho letto quella pagina, Carver l'ho sempre pensato così: in piedi, nel rumore, che scrive sulle labbra l'inizio di *Cattedrale* o di *Perché non ballate?*: «C'era questo cieco, un vecchio amico di mia moglie, che doveva arrivare per passare una notte da noi». Oppure: «In cucina si versò un altro bicchiere e guardò i mobili della camera da letto sistemati nel giardino». E intanto spingeva l'aspirapolvere. Carver apparteneva a quella categoria di artisti a cui non è mai stato concesso di lavorare in silenzio o senza affanno. Come Bix Beiderbecke, il trombettista jazz degli anni Trenta, che riusciva a comporre soltanto nel caos.

La mia paziente strizzò gli occhi. Forse l'avevo interessata.

Ecco un altro luogo comune, che bisognerebbe sfatare: che per suonare, o scrivere, o fare qualsiasi altra cosa che la gente chiama arte, sia necessario isolarsi in una camera iperbarica o essere avvolti da un'aura di misticismo e di clausura. I miei scrittori preferiti sono quelli che hanno scritto nelle condizioni più avverse, quelli che hanno portato il caos nell'ordine, e non il contrario, come ripetono tutti, senza neppure sapere di cosa parlano.

Mi parve che la signora Torre approvasse con il capo e mi sentii autorizzato a proseguire.

Che poi non è vero che la vita è una baraonda incoerente: ci sono delle ragioni, per tutto quello che ci accade, anche per le nostre delusioni. Ma pensare di rimettere le cose a posto è un'illusione. La letteratura è un elemento di contaminazione, di scompiglio. Altrimenti non si spiega perché l'abbiano sempre perseguitata.

Spostai il portapenne da un punto all'altro del tavolo.

È la grande sabotatrice di qualsiasi ordine costituito. Non c'è un dittatore che non ne abbia avuto paura. Perché la letteratura mette in discussione tutto, a partire da chi scrive e da chi legge. Per conto mio, ho sempre amato gli scrittori che, da Cervantes in su, al caos hanno risposto con il caos, all'ingiustizia con la follia. Don Chisciotte ci ricorderà in eterno che leggere è un'azione sovversiva, una protesta permanente contro l'infelicità e l'ingiustizia.

Mi ero lasciato andare. Mi fermai un momento a tirare il fiato. Elda Torre non ballava più, sulla sedia. Mi osservava sgomenta, senza quasi respirare.

Per questo amo Carver, conclusi con più calma. Perché era sopraffatto dalla necessità. La famiglia, i figli, la separazione, l'affitto da pagare. Il pomeriggio che sedeva davanti a quella lavatrice a gettoni stava pensando che non avrebbe mai potuto portare a termine un romanzo come *Guerra e pace*. Se anche, per assurdo, ne avesse avuto il talento, la sua vita non glielo avrebbe mai concesso. Troppe faccende da sbrigare. Al massimo, sarebbe potuto diventare soltanto uno scrittore di racconti. Non richiedono meno lavoro di un romanzo, ma finiscono prima.

Stavo per perdere la voce. Mi alzai e andai al lavello in fondo alla camera. Lasciai scorrere l'acqua e mi riempii un bicchiere.

Ne vuole un po'? chiesi alla mia ospite.

No, grazie, rispose.

Bevvi con lentezza, per guadagnare un po' di tempo.

E così vorrebbe fare la scrittrice?

Ero tornato al punto di partenza. Ma prima che rispondesse, mi ricordai di un ultimo consiglio di lettura.

Con questa domanda, declinata al maschile, c'è anche una recente e brillante guida di uno scrittore italiano contemporaneo, Giuseppe Culicchia, che da giovane a Torino ha lavorato come libraio. È un libretto arguto e maneggevole: le mostrerà cosa vuol dire realmente fare lo scrittore oggi. Vedrà, sarà una sorpresa. Pochi sanno con esattezza cosa aspetta chi voglia intraprendere questa carriera. Culicchia ti toglie molte fantasticherie, pure sulla parte remunerativa. Del resto, John Steinbeck sosteneva che la professione di scrivere libri fa apparire le corse dei cavalli un'attività solida e stabile.

Speravo di averle strappato un sorriso, invece Elda Torre non aveva smesso quell'aria di impenetrabile stupore con cui mi ascoltava da qualche minuto. Ancora una battuta e avrei potuto congedarla, intascare i soldi e correre a mangiarmi la cioccolata.

Il titolo del libro di Culicchia, ma questo lo saprà, è tratto da una poesia di quella vecchia volpe di Charles Bukowski, se la ricorda?

Elda scosse la testa.

Ho sempre avuto una buona memoria per la poesia, sin da bambino. Negli hotel della mia infanzia mi capitava spesso di recitarne qualcuna, a cena, ai clienti di passaggio, come un supplemento speciale del menu. Avevo messo su un piccolo repertorio e finivo pure per rimediarci qualche mancia.

Ma adesso era meglio non rischiare. Mi alzai e andai a prendere il libro. Grazie al cielo, lo trovai subito, nel palchetto che avevo dedicato ai poeti. Cercai la pagina.

Ecco, questi sono i versi di Bukowski:

E così vorresti fare lo scrittore?
Se non ti esplode dentro
a dispetto di tutto
non farlo
a meno che non ti venga dritto
dal cuore e dalla mente e dalla bocca
e dalle viscere
non farlo.

Saltai un paio di strofe e passai all'ultima:

Le biblioteche del mondo
hanno sbadigliato
fino ad addormentarsi per tipi come te
non aggiungerti a loro
non farlo.

Non era una delle mie giornate migliori, ma credetti di essermela cavata con una certa eleganza. Avevo detto quello che avevo da dire, portato degli esempi, suggerito i libri giusti e soprattutto non alimentato aspettative che non avrebbero potuto essere soddisfatte.

Mi sollevai in piedi e nella maniera più gentile che conoscevo la invitai a tornare, per parlare di nuovo di

Carver, di London, di Culicchia e dei loro ammonimenti. Ma Elda Torre restò seduta.

Fa sempre così, lei?

La sua voce non prometteva nessuna lusinga.

Prescrive sempre la terapia prima di conoscere il malanno?

Sentii le gambe rammollirsi. Il copione iniziava a essere fastidiosamente ripetitivo.

Non mi ha dato neppure il tempo di rispondere alla sua domanda, si segga, la prego.

Ubbidii sconsolato.

Con poche parole, Elda Torre aveva acquistato la totale padronanza della situazione.

Mi ha chiesto se aspiro a fare la scrittrice, ma io – aprì la bocca e scandì con forza ogni sillaba – SO-NO GIÀ U-NA SCRIT-TRI-CE.

Avrei voluto schiacciarmi come una Gitane nel portacenere, avere la consistenza di un filo di fumo che si dissolve nell'aria.

Sa quanti romanzi ho scritto, nella mia vita? Dica un numero, la prego.

Deglutii. Chissà perché capitavano tutte sulla mia vecchia poltrona di pelle.

Ora ero io a muovere timidamente la testa, da un lato all'altro.

Forza.

Di... eci?

Di più, di più.

Ven... ti?

No, l'aiuto io, signor Corso, non ci arriverebbe mai,

da solo. Ne ho scritti trentatré, come gli anni di Cristo, a cui vanno aggiunte varie raccolte di racconti, una decina di sillogi di poesia, le storie per i bambini, quelle illustrate, uno zibaldone di pensieri... scrivere è la mia croce.

Chiusi gli occhi per la vergogna, e aspettai rassegnato l'alluvione in arrivo.

Sa, non è molto carino dire a chi ha delle ambizioni che non è il caso di seguirle. Ed essere così vigliacco da usare le parole degli altri per convincerlo. Persino quelle di un vecchio scimmione infoiato come Bukowski che solo per sbaglio era anche uno scrittore, altro che volpe. È vero, non ho ancora pubblicato un rigo con un grande editore, ma che vuol dire? Lei, signor Corso, che si crede così libero, legge i libri solo di quattro o cinque case editrici, lo sa? Basta vedere le sue pareti. E poi, a parte il fatto che i consigli che dispensa ho il dubbio siano pure di seconda mano, si è accorto che ha citato soltanto scrittori maschi e nessuna scrittrice? Carver, Cerami e Culicchia, più tre maschi alfa come Vargas Llosa, London e il suo amato Bukowski. Di donne nemmeno l'ombra. E dire che sarebbe bastato un libriccino come *Perché scrivere* di Zadie Smith o le lettere di Flannery O'Connor. Almeno avesse messo dentro qualche aforisma di Oscar Wilde. La verità è che lei è convinto che la letteratura sia un affare di soli uomini.

Mi fissò per qualche secondo, con uno sguardo di indescrivibile disprezzo, come quando si pesa un cespo di lattuga su una bilancia.

Ma con quale coraggio viene a dire a una donna che si possono concepire folgoranti attacchi di racconti passando l'aspirapolvere?

...

Ah, già, il cestello della lavatrice... che fa, mi prende in giro? Parla di corda in casa dell'impiccato?

Chinai il capo.

O crede per davvero che i suoi ammirati modelli possano impartire lezioni di qualunque cosa?

...

Che ha detto?

...

Non ho sentito.

Ho detto, mormorai a bassa voce, che per avere prodotto trentatré romanzi anche lei il tempo deve averlo trovato.

Elda Torre si coprì la bocca con le mani, come per schermirsi di un complimento.

Il suo London le avrebbe risposto che se non sei capace di trovare il tempo, stai sicuro che neppure il mondo troverà il tempo di ascoltarti. Il guaio è che se sei una donna, il mondo non ti ascolterà comunque. Io mi sono soltanto data da fare.

Mi scusi, ma se è così felicemente prolifica, non vedo quali problemi l'abbiano spinta a rivolgersi a un biblioterapeuta.

Non capisce, vero?

Fui costretto ad ammettere la verità.

Sono a pezzi, signor Vince. Più della metà della mia vita se ne è andata, non si vede? Ormai sono dall'altra parte del campo e ho l'impressione di non avere combinato granché.

La guardai meglio. Solo le borse sotto gli occhi tradivano i cinquant'anni, se era questo che voleva dire. Chissà se a quel traguardo si traccia davvero una riga, come uno spartiacque, e si tira il conto.

Cercai di rincuorarla.

Finché sarà un'autrice che deve ancora esordire con un grande editore, resterà giovane, dissi, ma per fortuna Elda Torre lasciò cadere la frase.

Non posso più leggere un libro senza provare sensazioni contrastanti, signor Corso. Credo di essere diventata allergica.

Forse è troppo occupata a scrivere.

Di nuovo l'ironia mi uscì inopportuna. Tentai subito di mitigarla.

È una malattia diffusa, non ne faccia un caso personale.

Ogni malattia è un caso personale.

Dopo tutto, quella donna non era affatto sciocca.

Credo d'essere giunta all'ultimo stadio, signor Corso. I libri mi accelerano i battiti cardiaci, mi viene da sudare. Neppure qui dentro sono a mio agio.

Anche se quel pomeriggio avevo il tatto di un pachiderma, forse avevo intuito la natura della sua ansia.

Di fronte a tutto quello che vorremmo leggere, la nostra vita di lettori sarà sempre insufficiente: è questo che prova?

Sa che è davvero confortante parlare con lei?

Leggere non è certo più comodo che scrivere.

È una sua frase?

Arrossii.

No, è di un altro scrittore maschio: si chiamava Roberto Bolaño.

Per la prima volta, Elda Torre accennò un debole sorriso. Presi coraggio.

Lo sa che se anche leggessimo un libro a settimana, per cinquant'anni di seguito, non arriveremmo a tremila? E se fossero due, alla fine sarebbero comunque soltanto seimila, un numero ridicolo rispetto alla sterminata biblioteca partorita dall'umanità. Forse la sua agitazione nasce da qui, riconosco i sintomi. I suoi limiti sono i limiti di tutti, era soltanto questo che tentavo di dirle.

Forse avevo fatto centro. Ora potevo concederle una speranza.

Ma sono esistite delle nobili eccezioni. Antonio Gramsci aveva una media di diciotto libri a settimana.

Antonio Gramsci?

Sì.

Mi sta suggerendo di farmi carcerare?

Non mi fraintenda ancora.

Non è una cattiva idea, lo sa? Peccato soltanto che oggi sia difficile andare in prigione per questioni politiche, ma chissà quanti libri potrei leggere grazie all'omicidio di un biblioterapeuta.

Questa volta toccò a me accennare un sorriso forzato.

Potrei anche perdere la vista e farmi venire la gobba, a furia di leggere, come Leopardi, perché no? Che ne pensa? In fondo, si può essere felici lo stesso, non crede?

Elda Torre era tornata improvvisamente seria, e feroce.

Che delusione, signor Corso. Anche lei sa fare soltanto calcoli inutili. Vi piacciono le somme: quanti libri avete letto, quante fidanzate avete avuto, quanti soldi vi sono entrati. Così potete stilare una classifica, sapere chi tra di voi è il migliore. Presumete che soltanto la quantità sia importante, non siete capaci di immaginare altro.

Ero finito un'altra volta sotto esame. Provai a reagire.

Lo stesso principio vale anche per i trentatré romanzi che ha scritto?

La mia vendetta voleva essere velenosa, ma somigliò alla puntura di una zanzara.

Guardi, non ho nessun senso di colpa, né per quello che ho scritto, né per il poco che ho letto. Se provo angoscia è soltanto per non avere prodotto ancora di più. Per usare il suo metro, se anche terminassi tre romanzi in un anno, in tre decenni sarebbero poco meno di cento. Un numero esorbitante per tutti. A parte qualche venerabile eccezione, come Simenon. Più di quattrocento libri all'attivo sotto il suo nome e altri con vari pseudonimi. O Balzac: una macchina da duemila pagine all'anno. Loro sì che hanno dato prova di indiscutibile virilità.

Mi ero perso.

Se ci pensa bene, scrivere esige una responsabilità spaventosa. È vero, neppure il lettore può stare comodo, quando legge, ma almeno non c'è il suo nome sul frontespizio.

La seguivo a fatica, ma ebbi un'illuminazione.

Ha mai pensato che ogni libro contiene tutti i libri che ha letto il suo autore, e forse anche tutti quelli che hanno letto i suoi lettori? dissi. Poiché non potremo leggere tutto, la letteratura si riassume ogni volta per intero nel romanzo che abbiamo in mano.

Elda si strinse nelle spalle, come se avessi pronunciato chissà quale ovvietà.

Per me la lettura non ha mai avuto niente a che fare con il piacere, rispose. E neppure con il dovere, o con il lavoro, come per lei. Io leggevo per imparare. Per ricopiare le mosse, per rubare il mestiere. Un lavoro estenuante. Non ci si rilassa mai. Si ricorda *Se una notte d'inverno un viaggiatore*? I lettori che usano i libri per produrre altri libri crescono di più di quelli che i libri amano leggerli e basta. Io purtroppo appartengo a questa categoria. Potrei scrivere un romanzo fatto solo di citazioni, come fanno in molti. La differenza è che nessun editore lo pubblicherebbe.

Elda Torre si sforzò di essere più chiara, e di non dare l'idea che le sue parole fossero dettate soltanto dalla rabbia.

Io non ho mai *letto e basta*. Studio le trame, imito i personaggi, separo le descrizioni. Leggo come un vampiro succhia il sangue alle sue vittime. Ma leggere in questo modo indolenzisce tutti i muscoli, girare una pagina può costare una fatica enorme. È come operare ogni volta un'autopsia. E tutto questo per cosa, signor Corso? Per diventare più brava degli scrittori che leggo. Per trovargli un errore, un passaggio debole, un'incongruenza. Mi accontento pure di un semplice refuso. Per l'errore di grammatica di un autore famoso sono disposta ad aprire una bottiglia di spumante. Non esiste un romanzo perfetto. Tutti i capolavori sono pieni di cose che potevano essere fatte diversamente. Ricopiarle su un quaderno è stato per anni il mio risarcimento.

Il suo risarcimento per cosa?

Vorrei dire per la mia mediocrità, ma non sono così umile. Direi piuttosto per la mediocrità degli altri. La maggior parte dei romanzi che mi capitano tra le mani neppure i tarli se li mangerebbero. Leggere è un'azione che ormai mi provoca disgusto. E le rare volte che m'imbatto in un talento indiscutibile la frustrazione aumenta ancora di più, insieme all'invidia.

Allargai le mani.

Non si sforzi, signor Corso, non c'è in commercio niente di buono. Purtroppo, l'unico libro in grado di guarirmi dal mio male potrei scriverlo soltanto io.

Uno strano bagliore le infiammava gli occhi. Elda Torre mi osservò senza parlare. Il suo sguardo era cambiato.

A lei non è mai venuta voglia?

Di cosa?

Di scrivere un romanzo.

Per ora, riempio solo dei taccuini.

Voglio essere generosa con lei, disse dopo un po'.

Aprì la borsa e ne estrasse un volumone dattiloscritto di non meno di cinquecento pagine.

Facciamo così: stasera sarà il paziente a curare il medico. Lo legga e sono sicura che comprenderà molte co-

173

se di me, ma anche di tutti gli evidenti problemi che ha manifestato questo pomeriggio. È il mio ultimo romanzo.

Lasciò cadere il manufatto di carta sul tavolo. L'intera scrivania sussultò per il peso.

Se dopo tutto volesse cancellare il ricordo increscioso di questo nostro incontro, sappia che non disdegnerei da parte sua un eventuale contributo critico, in una rivista medica, un blog letterario o dovunque voglia. Quando avrà finito e mi richiamerà per discuterne insieme, la pagherò senz'altro.

Ero ammutolito. La signora Torre si alzò, finalmente soddisfatta.

Posso sperare, allora, di risentire presto la sua voce?

Non ci fu bisogno di darle una risposta: la mia paziente la diede per scontata.

La porta si richiuse, Django dimenò la coda contro le mie gambe e tutta la stanchezza degli ultimi mesi mi franò addosso. Andai al piatto del giradischi e misi *Per quel che vale* di Paolo Conte.

Vita d'artista,
come l'ho vista, ho detto:
questa è la mia.

Mi era passata la voglia di mangiare, ma scartai lo stesso la cioccolata.

Q

Vous serez dans l'oubli demain
Pour peu que le bonheur survienne

Falta envido.

Mi uscì fuori come una rabbia. Un'altra espressione da giocatori di carte, aveva detto Gabriel. Forte invito! Chi ha più punti, vince.

Lo spagnolo, diavolo, non ci avevo provato. Sul cellulare scrollai la lista delle lingue e la traduzione apparve sullo schermo.

La mano del tiempo borra todas las huellas.

Sentii le dita dei piedi contrarsi senza motivo. Copiai la riga come una premonizione e la lanciai nello spazio lunare della rete. L'elenco delle risposte giunse dopo 0,383 centesimi di secondo.

Tutte rimandavano a un famoso tango di Carlos Gardel: *Caminito*.

Non si era forse allontanato da me canticchiando, il vecchio?

Aprii il primo link e lessi avidamente il testo. Non ebbi bisogno di arrivare fino in fondo: alla settima riga trovai quello che stavo cercando.

Una sombra ya pronto serás.

Posai lo smartphone sul minuscolo tavolino tondo che tenevo di lato al divano e mi alzai in preda a un'eccitazione incontenibile. *Una sombra ya pronto serás* era il titolo di un romanzo di Osvaldo Soriano che avevo amato, ai tempi dell'università. Di quel libro conservavo la vecchia edizione rovinata regalatami da un amico fraterno. Soriano l'aveva scritto nel 1990. E se non ricordavo male conteneva una scena in cui i personaggi giocavano a carte.

Le coincidenze iniziavano a essere troppe.

Misi sottosopra la libreria. Nelle mie terapie, non lo avevo mai usato. Un titolo così sarebbe stato difficile da suggerire a chiunque. *Un'ombra ben presto sarai.* Meglio non pensare a come avrebbero potuto reagire le mie pazienti.

Eppure leggere Soriano aveva avuto sempre, su di me, un sicuro effetto benefico, per tante cose. Finalmente lo trovai vicino a *Fare un film* di Federico Fellini e a *Conversazione in Sicilia* di Vittorini. Neppure in questo caso rammentai la ragione dell'accostamento. Presi una sedia e mi sedetti vicino alla finestra.

Sin dall'incipit, mi tornò prepotente alla memoria il protagonista solitario di quella storia: Zárate.

Non m'era mai capitato di restare senza un soldo in tasca. Non potevo comprare niente e non avevo più niente da vendere.

Quel libro parlava di perdenti assoluti, che non sapevano più da dove venissero né quale fosse la loro direzione. Don Chisciotte senza Ronzinante. Cartomanti vinti dalla sfortuna, simili a quelli che ogni tanto bussavano alla mia porta.

Sì, adesso ricordavo. Era la storia del viaggio di ritorno dall'Europa di un ingegnere esperto di informatica in una terra in cui la mano del tempo aveva cancellato ogni traccia, persino quelle di una figlia.

L'Argentina di Soriano era un paese svuotato e deserto, abitato soltanto dai fantasmi, dove erano morte tutte le utopie e spariti tutti gli amici. Un paesaggio che conoscevo bene, ormai. Come doveva averlo conosciuto, prima di me, l'amico che me lo aveva regalato, scomparso anche lui chissà dove, insieme alle speranze dei nostri vent'anni.

Avevo ritrovato i miei *caminitos*, gli stessi di cui cantava Carlos Gardel, i vicoli tra i quali ero andato a spasso tanto a lungo, da giovane. Ma questa volta non erano più vicoli ciechi. Portavano dritti da una parte.

Non ci misi molto a individuare la partita di *truco* che stavo inseguendo.

Mi alzai e andai a prendere il foglio sul quale avevo ricostruito la mia ipotesi di *caviardage*. Lo aprii per bene sulla scrivania e lo confrontai con il finale del capitolo 26 del romanzo di Soriano.

Anche lei è andato a fondo.

Sono ancora qui.

L'orso che mi andava a comprare il giornale

Per favore, lo faccia un'altra volta.

Dichiaro 28, merda!

Cazzo, che spavento mi sono preso.

Eccole lì, una dopo l'altra. Le assurde ripetizioni del vecchio e il mio foglio pieno di buchi neri. Combaciavano quasi alla perfezione.

Le sottolineai tutte con una matita, trattenendo il fiato.

Non lo so, devo pensarci.

178

A cosa deve pensare?

Perché sono crollato, Zárate. Mi ha detto che <u>anche lei è andato a fondo</u>, no? Come quasi tutti.

È arrivato a qualche conclusione?

La scena era questa: una sera, Zárate si ritrova a giocare a carte con un vecchio acrobata obeso di centoventi chili che gli ha dato un passaggio su un camion.

Ha qualcosa da giocarsi?

Il viaggio, se vuole.

Quello di prima o quello di domani?

Per me è lo stesso.

L'ex acrobata si chiama Coluccini, ma neppure lui ha più soldi da scommettere. I due decidono quindi di puntare quello che di più prezioso gli è rimasto: gli ultimi ricordi che possiedono.

Una volta mi sono innamorato in maniera disperata, è la prima offerta di Zárate.

Si sarebbe ucciso per lei?

Mi vede, <u>sono ancora qui</u>.

Allora deve tirar fuori qualcosa di meglio.

Zárate propone un fantasma che da bambino entrava dal buco della serratura. Non aveva lenzuolo, solo un mantello e fumava in camera. È la sua puntata.

Tocca a Coluccini. Ma è difficile trovare un ricordo degno di un fantasma con il vizio del fumo. Due buoni li ha perduti a Médanos.

179

Non le è rimasto niente?

Nemmeno un'allegria piccola, piccola. <u>L'orso che mi andava a comprare il giornale</u>, ma a chi può interessare?

Ci ragiona ancora un po', poi cala sul tavolo una ragazza di Chubut.

Non era bella e non è venuta a letto, non si illuda. Ma quel giorno mi sono riuscite tutte. Mi creda, glielo dico modestamente.

L'ex acrobata socchiude gli occhi e si spinge indietro, stringendo le carte contro la pancia.

La vedevo dall'alto mentre camminavo sul filo, l'aria sembrava piena di elettricità. Si spellava le mani per quanto mi applaudiva. Magari venisse sempre, pensavo, e mi lanciai in un doppio mortale che non è il mio forte. Mi riuscì perfetto.

Immaginai la scena: il circo pieno, lui che volteggia, la ragazza che applaude. E infine lei che rimane a sedere, mentre tutti sfilano via.

Allora mi avvicinai per parlarle e quando mi guardò capii che era felice. Un'altra volta, mi disse, <u>per favore, lo faccia un'altra volta</u>. Tornai al trapezio e andai avanti tutta la notte. Triplo mortale, cavatappi, colombe dal cilindro, altalena e stelle filanti, tutto... All'alba si alzò piangendo, lasciò un fazzolettino sulla sedia e se ne andò.

Zárate accetta la puntata di Coluccini.

Falta envido, un fantasma contro un fantasma.

Quando Coluccini tira giù le carte è bianco di calce, cencioso, ubriaco.

Dichiaro 28, merda!

Poi si chiude in un silenzio da morto. Ma i punti sono buoni.

Cazzo, che spavento mi sono preso.

Alzai gli occhi verso la strada. Non pioveva più.

Terza parte

R

Il est rare qu'on se souvienne
Des épisodes du chemin

Giovanna Baldini la richiamai appena alzato.

Aspettavo la sua telefonata, disse.

Cercai di non illuderla. Non le raccontai niente delle mie scoperte. Le chiesi soltanto di visitare la biblioteca di suo fratello, per pura curiosità personale, se non aveva nulla in contrario. Mi diede appuntamento per le undici e mi dettò l'indirizzo. Annotai scrupolosamente il numero civico, la via era quella di cui Gabriel mi aveva già detto il nome.

Anche quella mattina, la luce continuava a essere la stessa degli ultimi giorni dell'inverno. Giovanna Baldini mi aspettava davanti al cancello, stretta in un cappotto arancione. Mi allungò la mano, magra e profumata, e io mi vergognai delle mie giacche sciupate, dei capelli che mi si imbiancavano, di non essere mai riuscito a mettermi a dieta. Mi fece strada con passo sicuro.

Attraversammo un giardinetto ben curato e buio e raggiungemmo il portone. Anche quella palazzina quadrata in fondo alla via, di soli due piani, con le decorazioni sotto le finestre e un balconcino in ferro battuto, risaliva ad almeno un paio di secoli prima. Una antica villetta circondata un tempo dagli orti.

Sul citofono erano presenti i nomi di tre o quattro famiglie. Giovanna Baldini introdusse la chiave e aprì il portoncino. Tre gradini si inabissavano dietro al cono delle scale. Li percorremmo fino a uno stretto corridoio a giro, illuminato da un piccolo lucernario laterale. Dal basso veniva un odore di cantina, carico, condensato, un misto di catrame, resina e vino acido, ma mi ci abituai presto.

Scendemmo nel seminterrato. La porta era in fondo, entrammo. Le finestre si affacciavano sulla strada. Si sarebbero potute distinguere le scarpe di tutti i passanti che transitavano sul marciapiede, la svolta dei loro pantaloni, l'orlo delle gonne.

Avevo già visto qualcosa del genere, ma non ricordavo dove. Forse si trattava soltanto di un'altra delle mie reminiscenze letterarie o cinematografiche. La scena di un film di Hitchcock o di Nanni Moretti o di chissà quale romanzo. Se non mescolavo troppe suggestioni, in *Auto da fé* di Elias Canetti c'era la descrizione di un appartamento identico, ma non avrei potuto giurarlo. Rammentai soltanto, e la coincidenza mi fece rabbrividire, che anche il protagonista di quel libro, Peter Kein, era un sinologo.

Avrei controllato più tardi. Oppure no, era meglio non verificare niente, che la smettessi, una volta per tutte, di pensare che i personaggi di un romanzo po-

186

tessero entrare e uscire dalla nostra vita, e invecchiare o ammalarsi insieme a noi.

Gettai involontariamente un occhio alla prima camera. Due appendiabiti di ferro sorreggevano una lunga fila di giacconi, quasi tutti incellophanati. Altri cappotti erano gettati alla rinfusa su una poltrona, uno sopra l'altro.

È stata l'ultima fissazione di mio fratello, prima che i medici gli diagnosticassero il morbo, disse Giovanna Baldini.

Accennò un sorriso imbarazzato.

Si sa, i vecchi hanno sempre freddo. Le ultime notti dormiva sotto una montagna di coperte.

Pensai che doveva averci speso una fortuna.

Può scegliere quello che vuole, senza complimenti, non so che farci.

Un giaccone mi avrebbe fatto comodo, sia per quell'inizio di stagione che per il prossimo inverno, ma per la paura di non trovarne uno della mia taglia rifiutai.

Un'altra stanza serviva da salottino, con un tavolo tondo al centro e il ritratto a misura naturale di una donna molto elegante.

È la madre di mio fratello, disse Giovanna Baldini.

Oltrepassammo una scaffalatura stipata da grandi volumi d'arte ed enciclopedie. Lessi i primi titoli che incontravo in quella casa, ma Giovanna mi interruppe.

Lasci stare, questa è solo paccottiglia: la biblioteca è al piano di sopra.

La seguii senza protestare.

Alla fine del corridoio si apriva un ultimo ambiente

cieco, con un'altra porta blindata nel fondo che nessuno usava più. Una scala a giorno scendeva dall'alto.

Se vuole visitare il resto della casa deve togliersi le scarpe. Può indossare queste pianelle, se preferisce, o tenere i calzini.

Appoggiandosi al corrimano, iniziò a sfilarsi gli stivaletti. Abbassò la cerniera di lato e li lasciò cadere per terra. Portava delle calze velate, che lasciavano vedere la forma del piede. Mi sedetti sul primo gradino e mi sciolsi i lacci, senza chiedere niente.

Ha sempre voluto così e finora abbiamo rispettato questa sua volontà, come se abitasse ancora qui.

La scala era di legno. Salendo, esaminai le pareti. Erano costellate di dipinti e di incisioni. Una ritraeva il vecchio di profilo, fissandone l'impronta della testa in pochi tratti. Se non fosse stato uno schizzo a matita su un semplice foglio di carta, lo si sarebbe detto uno di quei medaglioni o bassorilievi che si usavano nell'antichità. In quel disegno portava gli occhiali e mi resi conto soltanto allora che nella clinica dov'era stato ricoverato non li aveva nessuno.

Di sopra approdammo a un'anticamera. Altre enciclopedie sulle mensole. Un comò di legno lucido. Un vaso, in un angolo, con due lunghi steli d'argento e di rame.

Giovanna Baldini si assicurò che non mi fossi perso e insieme entrammo nella biblioteca. All'inizio mi parve di penetrare in una interminabile serie di stanze, tutte comunicanti tra loro e con le porte aperte. A creare l'illusione della profondità era soprattutto la libreria di legno scuro che la avvolgeva ad ogni lato, dal pavimento al soffitto, tracciando una linea continua e arcuata.

Ripensai al chiostro del Nuovo Regina Margherita e alla descrizione che Borges aveva dato della Biblioteca di Babele:

L'universo (che altri chiama la Biblioteca) si compone d'un numero indefinito, e forse infinito, di gallerie esagonali, con vasti pozzi di ventilazione nel mezzo, bordati di basse ringhiere.

In realtà, a un controllo più attento, quella biblioteca aveva tre soli ambienti. A occhio, non ospitava meno di ventimila volumi. Alzai la testa. I ripiani toccavano il tetto e sembravano proseguire pure sulle volte. In un ovale era dipinta una salamandra viva tra le fiamme, in un altro una rondine marina, in un terzo un giovane dalle forme perfette.

Appena presi confidenza con la luce azzurra e intermittente che spioveva da alcune fessure in alto, nascoste tra le scaffalature, iniziai a distinguere anche i tanti oggetti che riempivano lo spazio:

un globo di cristallo pieno d'acqua;

un'aquila imperiale impagliata;

uno strumento tibetano;

dei rotoli di calligrafia cinese.

In una teca di vetro era custodita una serie di amuleti di ossa di legno; in un'altra scatole per l'incenso, termoscopi, lucerne, avori, giade. Nell'ultima stanza, una macchina idrostatico-magnetica riproduceva le ore, lo zodiaco, i pianeti e tutta la struttura del cielo.

Muovere il primo passo in quella biblioteca, senza scarpe, mi diede lo stesso sgomento di quando, tanti anni prima, ero entrato con Serena nella moschea blu di Istanbul.

Mio fratello ha dedicato a questo luogo gran parte della vita, disse Giovanna Baldini.

Non è difficile da comprendere.

Era la sua *Wunderkammer*. Ha raccolto libri e antichità in ogni continente. A Nanchino, Singapore, Parigi, Buenos Aires, in Manciuria, nelle Filippine, al Cairo. Se li è portati dietro, se li è fatti spedire in grandi casse, li ha messi in salvo da intemperie e calamità di ogni genere: dittature, funzionari dell'università e del partito, commissari politici, ambasciatori. Li ha difesi persino dall'eruzione di un vulcano e in diverse occasioni ha rischiato la vita per loro. Come vede, mio fratello aveva una natura barocca ed era un collezionista metodico e premuroso. Di ciascun libro od oggetto presente qui dentro sapeva dirti l'antiquario da cui lo aveva acquistato e tutte le traversie passate insieme. Ma più di tutto era fiero della disposizione che aveva dato ai volumi sugli scaffali.

Ne estrasse uno e lo aprì. Era un testo di cui non avrei saputo dire la lingua, ma la pagina che mi mostrò credo fosse l'ultima, perché si restringeva a ogni rigo in una formula di chiusura, formando come il disegno di una rosa o di un calice.

Qui dentro niente è casuale: mio fratello si è fatto

promettere più volte da me e da mio marito che avremmo conservato lo stesso ordine che aveva dato ai libri anche quando non ci sarebbe stato più lui a rimettere le cose a posto. Pensi che ne ha già programmato la destinazione: l'intera biblioteca e tutto quello che contiene finirà come donazione all'Istituto della Compagnia di Gesù. Per quanto non sia mai stato religioso, nella sua vita, mio fratello ha sempre sostenuto che i gesuiti sono i migliori bibliotecari del mondo. Ma anche da loro ha preteso un impegno scritto: quando acquisiranno il fondo e lo trasferiranno, dovranno riprodurre il medesimo assetto. Ne era ossessionato.

Non sarà facile.

Lei è appena entrato in un sistema solare, signor Corso. Ma soltanto lui avrebbe potuto spiegarlo per bene. Questo luogo non è soltanto il registro fedele di tutte le sue avventure, ma un percorso iniziatico, un viaggio nella conoscenza, una geografia possibile dello scibile umano. O forse anche quest'ansia di classificare era già un sintomo della malattia. Lo sa che alcune avvisaglie si possono presentare anche quarant'anni prima che venga diagnosticata?

Rividi quel vecchio seduto davanti a un letto vuoto. E pensai al disordine delle nostre vite. La natura ripristina sempre il caos da cui cerchiamo di redimerci.

Ma questa mania di raccogliere, suddividere e raggruppare non era il suo unico chiodo fisso. Come vedrà, gran parte dei volumi li ha fatti rilegare da un artigiano che lavorava qui vicino, ma che ormai è morto da qualche anno. In molti esemplari si fece aggiungere delle pagine che riempiva di microscopici appunti. Sopra vi ricopiava le frasi che gli erano piaciute, i refusi, le sviste dei traduttori, la corretta grafia delle parole nelle varie lingue. Ma anche tutto ciò che gli veniva in mente, e che spesso era estraneo al libro: il luogo in cui si trovava mentre lo stava leggendo, la data, il titolo di un giornale. Promemoria accessori e secondari. Piccoli post it a futura memoria. Erano il suo gioco preferito. Io sono certa che se avesse potuto, avrebbe manipolato tutti i libri di cui era entrato in possesso. Me le ricordo, quelle pagine fitte di annotazioni a matita: quand'ero ragazza me le mostrava come se fossero state più preziose del testo stampato. Purtroppo le ha tagliate via tutte con una lametta. Troverà soltanto un bordino all'interno della rilegatura come un orlo scucito alla fine di un pantalone.

Pensai che nessun'altra attività umana stimola la perversione quanto la lettura. Da quando praticavo quel mestiere, non facevo altro che imbattermi in fissazioni e stranezze.

Ma ognuno ha i suoi piccoli riti, non è così?

Con un certo disagio considerai i miei.

Gli occhi di mio fratello brillavano quando mi mostrava il timbro con cui siglava ogni frontespizio. Possedeva sigilli di diverse misure, alcuni di forma quadrata, altri rettangolare, e chissà a quali artigiani li aveva commissionati e dove. A Pechino, a Macao. Il più bello aveva un elefante d'avorio in cima al manico ed era tutto istoriato. Ognuno di loro riportava il suo nome trascritto in ideogrammi cinesi e il luogo che custodiva la sua collezione. Per imprimerli usava sempre un tampone di inchiostro rosso; in alcuni casi, pure un bastoncino di ceralacca. Ma della singolarità di questa biblioteca si renderà conto da solo, se vuole. Io ora devo risolvere una faccenda, non ci impiegherò molto. Se lo desidera, e può esserle utile, potrei lasciarla qui e passare a riprenderla tra un paio d'ore, forse prima. So che posso fidarmi. È un biblioterapeuta, e avrà cura di tutto. Inutile che le raccomandi di rimettere ogni libro nella sua posizione originaria. Se c'è qualcosa da scoprire, si trova qui, compreso il volume che cerchiamo.

Non mi diede il tempo di respingere la sua proposta. Ma restare da solo in quel sacrario era un dono insperato. Ho sempre provato un incontenibile impulso a sbirciare tra i libri degli altri. Dovunque mi invitino, mi metto a curiosare in ogni scaffale. Non per farmi un'idea sui padroni di casa: semplicemente perché i libri sono un'attrazione irresistibile per me.

Vidi i morbidi piedi di Giovanna Baldini scendere al piano di sotto. Aspettai che avesse rinfilato le scarpe. Quando si richiuse la porta alle spalle, tirai un lungo respiro e mi misi al lavoro.

S

Mais si l'on a manqué sa vie
On songe avec un peu d'envie

La prima parte di quella biblioteca era dedicata ai vocabolari. Ce n'erano di ogni lingua e secolo. Dizionari di siriaco, turco, vietnamita, aramaico, portoghese, yiddish, ebraico, swahili. Un numero consistente riguardava la lingua cinese.

Sfogliai con grande soddisfazione uno *Zulu vocabulary and phrase book intended for the use of immigrants and settlers in the colony of Natal* pubblicato a Durban nel 1892 e una minuscola *Phonétique thaï-français* e copiai il loro titolo sul taccuino che avevo con me.

Alcune voci erano sottolineate a matita. Come aveva detto la sorella, a metà o alla fine di molti esemplari che erano stati restaurati si notavano delle lingue di carta, una manciata di striscette bianche segate alla base da un taglierino. Dovevano essere quanto rimaneva dei fogli che il vecchio aveva fatto aggiungere.

Ci passai sopra un polpastrello. Bisognava fare piano perché graffiavano la pelle. Erano state rimosse con un'amputazione netta e senza ripensamenti.

Non potevo esserne sicuro, ma ebbi la sensazione che tagliarle via non fosse stato il gesto di un uomo confuso dalla malattia e sopraffatto dalle paure e dall'ansia di nascondere il proprio denaro. In quei fogli il vecchio trascriveva con ogni probabilità, lemma dopo lemma, i vocaboli delle lingue che imparava, inventava i suoi esercizi, segnava le sue osservazioni Se la sorellastra e suo marito credevano che in uno di loro avesse anche occultato le indicazioni per recuperare la sua eredità, erano fuori pista.

A recidere quelle pagine erano state mani consapevoli e chirurgiche. Mani che non stavano trafficando con i segni e gli enigmi. La loro era una rabbia fredda, perché neppure esercitare la memoria per tutta la vita lo aveva messo al riparo dal perderla.

Misi a posto un *Hindi/urdu phrasebook* e attraversai la prima stanza. A ogni passo lo spazio si estendeva in entrambi i lati e subito dopo si contraeva, secondo la cadenza irregolare che aveva assunto il mio respiro. Ma non dettavo io il ritmo: la biblioteca stessa era un enorme animale ansimante, dotato di un sistema polmonare a cui avrei dovuto adattarmi se volevo penetrarne i misteri e le reticenze.

Forse anche il vecchio, per tutta la vita, non aveva fatto altro che peregrinare da una stanza a un'altra, da uno scaffale a un altro, da una lingua a un'altra, in cerca del libro totale, del catalogo dei cataloghi, della chiave che gli avrebbe permesso di accedere a tutti gli alfabeti e alle loro inesauribili combinazioni, consentendogli di decifrare che cosa aveva preceduto i suoni e la voce, quale spinta, quale desiderio.

Da un lato, registrai la testa di una divinità, due vasi di terracotta, un paravento giapponese cesellato a fiori e uccellini. Mi girava la testa: davvero era come camminare in un'interminabile galleria esagonale, nel centro di un paradosso matematico.

Sì, il tempo di quella biblioteca era l'eternità. La memoria degli uomini era fragile, ma quella delle biblioteche perenne. Il primo assioma. Quel luogo aveva l'età di tutti i libri che conteneva, dal più antico a quello che non era ancora stato scritto. Comprendeva l'inizio del tempo e il suo epilogo, e ogni idea di fuga e di clausura.

Al termine del reparto dei vocabolari e delle grammatiche – l'ultima era una *Kurzgefasste Syrische Grammatik* di Theodor Nöldeke –, una serie di volumi di grande formato dal titolo *Originum sive etymologiarum libri viginti* inauguravano il settore di storia del linguaggio. Somigliavano a una specie di enciclopedia. Aprii con cautela il nono libro e lessi che il suo compilatore, Isidoro di Siviglia, aveva fissato il numero delle lingue esistenti o conosciute all'epoca in 72.

Seguivano parecchi libri del Sei e del Settecento. Ne ammirai le rilegature in pergamena o in cuoio e lo stato di conservazione. A campione, presi nota di tutto, perché di nessuna di quelle opere avevo mai sentito parlare.

Passai oltre. Una piccola lanterna magica in latta e ottone sulla prima mensola separava le scaffalature.

Quella successiva ospitava un solo autore, il cui nome mi provocò un soprassalto. Athanasius Kircher. Era la seconda volta in pochi giorni che mi imbattevo in questo padre gesuita.

Il primo libriccino era un catalogo del Museo Gloriosissimo del Romano Collegio della Compagnia di Gesù che Kircher aveva allestito, firmato da un tale Giorgio De Sepe, «esecutore responsabile delle macchine progettate». Mi bastò scorrerlo sbrigativamente per capire che il vecchio, nel dare forma alla sua biblioteca, si era ispirato a quello che era stato il più stupefacente museo barocco della città, prima che fosse smembrato e disperso. Kircher vi aveva raccolto i reperti che i gesuiti avevano accumulato in ogni parte del mondo, dalle Indie e dal Messico: campioni di rocce e minerali, strumenti scientifici, magneti, termoscopi e termometri, marmi pregiati, invenzioni bizzarre. De Sepe ne riportava con precisione l'elenco.

Soltanto allora mi ricordai di avere visto con i miei occhi i modellini di legno degli obelischi che aveva costruito Kircher stesso e alcuni dei suoi animali esotici imbalsamati ancora conservati nel Collegio. Qualche anno prima ero stato chiamato per una supplenza di italiano perché da un secolo e mezzo quella è la sede del Liceo Visconti. Ma l'incarico per me era durato soltanto un giorno.

Tornai al palchetto ed esaminai gli altri volumi: *Ars magna lucis et umbrae*, *Œdipus Aegyptiacus*, *Polygraphia nova et universalis ex combinatoria arte detecta*, *China illustrata* e, per ultimo, *Turris Babel*. Alcune erano riproduzioni anastatiche, ma questo no. Controllai il frontespizio: la stessa edizione conservata a Heidelberg che avevo consultato in rete.

Essendo un volume di grande formato lo poggiai sul pavimento e cercai la calcografia ripiegata su tavola doppia che raffigurava la torre. Nell'allargarla per bene mi si indebolirono le gambe, come se fossi giunto per davvero nella piana di Babilonia dopo un lungo viaggio. Vedevo il fumo che usciva dalle case degli operai. L'interminabile procedere dei carri e dei cammelli. Le colonne di pietra e marmo stese sul terreno. I tempietti circolari. L'addensarsi delle navi al porto. La miseria dei palazzi e delle chiese nella campagna. L'insignificanza delle piramidi un po' più lontano.

Tutto ruotava intorno all'immenso edificio che si ergeva sfrontatamente verso il cielo e ai cui piedi ora mi trovavo. Percepivo il tumulto dei lavori. Il traffico che lo abitava. Osservavo senza fiato la processione delle bestie che salivano le rampe. La vertiginosa cordata dei camminamenti. Il sistema delle impalcature.

Se la follia o la disperazione avessero potuto avere una forma geometrica, sarebbe stata quella. Eppure, per quanto smisurata, la forma di quella torre era una forma umana. Un intreccio di davanzali e di versanti. L'insulto a tutti gli dèi del diluvio e dei castighi, nonostante il presagio di un crollo e delle sue conseguenze.

Quella torre era un'arca monumentale, ma piantata a terra, un gigantesco sanatorio per tutti quelli che non avrebbero più voluto imbarcarsi, cambiare città, vocabolario. Che un Dio ci fosse o no, in fondo, non modificava nulla.

Non saprei dire quanto restai a contemplare quel disegno e quanti minuti fossero passati da quando Giovanna Baldini era andata via. A malincuore decisi di riporre il libro al suo posto e di terminare la mia perlustrazione.

Ogni singola libreria era numerata con una lettera latina, ma dopo la Z le lettere diventavano due: AA, BB, CC... Leggerle, insieme ai titoli in verticale sulle coste di ciascun volume, mi dava il mal di mare.

A grandi linee, la prima stanza, con tutte le sue suppellettili e cineserie, era consacrata allo studio delle lingue, la seconda alla filosofia e alla storia, la terza alla letteratura e alla scienza. Palchetto dopo palchetto, si poteva ripercorrere tutta la cultura universale, esaminarne le linee, gli sviluppi, le interruzioni, le riprese, indugiare lungo gli snodi principali, anche quelli secondari o meno conosciuti, e rinvenire in una porcellana, in un talismano o in una piccola incisione la prova che tutte quelle parole, da qualche parte e in qualche evo, avevano modellato il mondo.

Qua e là riconoscevo un nome, l'eco di una reminiscenza scolastica: l'*Histoire comique des États et Empires de la Lune* di Cyrano de Bergerac, l'*Essai sur l'origine des langues* di Rousseau, *Le carceri d'invenzione* di Giovan Battista Piranesi, ma l'insieme mi restava estraneo e inaccessibile. Come gli alfabeti in cui gran parte di quelle opere erano state scritte.

La sezione cinese era la più consistente e occupava oltre metà della prima stanza. Molti testi antichi, in lingua originale, esibivano una particolare rilegatura a filo, che cuciva insieme, a un centimetro dal margine sinistro, dei fogli piegati in due a fisarmonica. Una volta me ne avevano parlato in un corso di aggiornamento, ed era stata l'unica cosa che mi aveva interessato. La tecnica di stampa sembrava xilografica, l'inchiostro doveva essere stato diluito con l'acqua e la carta probabilmente era derivata dalla corteccia del gelso o del bambù. Quei testi il vecchio li aveva conservati in orizzontale perché i caratteri del titolo erano scritti sul bordo esterno delle pagine.

Andai avanti. Dagli scaffali seguenti estrassi i soli volumi che potevo comprendere, tra cui *An historical essay endeavouring a probability that the language of the empire of China is the primitive language* di un tale John Webb.

Alla Compagnia di Gesù e ai missionari italiani in Cina nei secoli XVII e XVIII erano concessi diversi palchetti: memoriali, cronache di viaggio, la collana quasi completa dei *Monumenta Missionum*. In coda, la raccolta dei cataloghi dei libri di studi orientali posseduti nelle principali biblioteche del mondo somigliava a una ordinata collezione filatelica, con i registri dei pezzi più rari e la loro distribuzione in tutte le terre emerse.

Transitai veloce nelle altre stanze. Da una parte erano allineati Bacone, Pascal, Leibniz, Comenio, *Il Leviatano* di Hobbes, la *Scienza* di Giambattista Vico, i *Dialoghi* di Giordano Bruno; dall'altra, le opere dei filosofi cinesi e indiani. I libri di storia si estendevano dalla penisola di Macao sino all'Atlantico. La letteratura dominava il resto, come se tutto convergesse in lei: Dante, Shakespeare, i classici orientali, William Beckford, un'edizione spagnola di fine Seicento dell'*Ingenioso hidalgo Don Quixote de la Mancha*. Finalmente trovai tre ripiani dedicati alla letteratura sudamericana. I libri di Soriano erano lì, tutti insieme, verso la fine. Ma mancava proprio quello che cercavo.

Girai per tre volte in cerchio, finché nella vertigine della rotazione ogni parete divenne curva ed ebbi la sconsiderata certezza che quell'ambiente non si sarebbe mai esaurito in un labirinto di specchi, ma possedesse altri passaggi. Ogni libro che aprivo era un varco per altre biblioteche ancora e questo non faceva che rendere per davvero la prima illimitata e periodica.

Restai incantato a osservare il meccanismo di un orologio idraulico. Ispezionai tutte le teche. Poi mi attardai ancora su qualche libro che aveva attirato la mia attenzione, come un *Dialogo nel quale si ragiona del modo di accrescere e conservar la memoria* o l'*Apologie pour tous les grands hommes qui ont esté accusez de magie*. Sfogliai un paio di trattati di chiromanzia e una dissertazione sull'amore di un letterato arabo dal titolo curioso: *Il collare della colomba*. Mi soffermai infine davanti a una sbalorditiva selezione di bestiari reali e immaginari, i cui disegni erano così perfetti da dare l'illusione che gli animali raffigurati si muovessero.

All'improvviso, avvertii una grande stanchezza. Posto che pure in quella biblioteca non esistessero due soli libri identici e che fosse stata prevista ogni combinazione possibile di segni, anche la più assurda, per esempio *dhcmrlchtdlj*, secondo l'ipotesi di Borges, il libro che stavo inseguendo era forse il compendio perfetto di tutti gli altri? E come avrei potuto rintracciarlo? No, nessuna elegante speranza avrebbe rallegrato quella mattina la mia solitudine.

Tornai alla prima stanza quando mi attraversò un pensiero esagerato. Se la disposizione di ogni volume sugli scaffali era regolata da un ordine preciso, che non poteva essere alterato se non smarrendone il senso, allora dovevo leggere l'intero insieme come una sola opera a stampa, da cui non si poteva annerire nessun rigo, nessun periodo, non si poteva tagliare o aggiungere nessuna pagina, se non si voleva far crollare tutta l'architettura. Un'opera colossale che conteneva tutte le altre, e che possedeva un frontespizio e un indice, e una suddivisione in capitoli, paragrafi, parti. Era la biblioteca stessa del vecchio, il libro che cercavo.

Iniziai allora da capo a scorrere la lunga serie di glossari e di lessici così come avrei consultato un sommario generale prima di immergermi nella lettura. E alla fine degli ultimi studi di linguistica, in basso alla libreria C, riconobbi su una costa, quasi senza stupore, la parola *Clavis*.

Tolsi il volume dalla sua ubicazione.

Era un trattato sull'arte combinatoria scritto da uno sconosciuto, per me, enciclopedista tedesco, Johann Heinrich Alsted: *Clavis universalis artis lullianae*. Ma spostandolo mi accorsi che il volume successivo era stato rilegato allo stesso modo e sembrava una copia gemella del precedente. Mi incuriosì. Lo sfilai dal palchetto con due dita e lessi con più attenzione il titolo:

C
L
A
V
I
S

S
I
N
I
C
A

Di lato aveva un gancetto da sfilare. Sollevai quell'unghia d'avorio e lo aprii. Tutte le pagine erano state bucate al centro, con delle forbici o un taglierino, per scavare all'interno uno spazio rettangolare e concavo. Mi chiesi come avessero fatto, a tagliarle, se una per una o in blocco.

Il risultato era sbalorditivo: un *caviardage* ottenuto strappando letteralmente le parole dal testo. Il libro era stato trasformato in uno strano e imprevedibile astuccio.

Lo rovesciai, per vedere se custodisse davvero qualcosa, e una chiave mi cadde tra le mani: una lunga chiave di ferro, a mappa singola e con un dentino in fondo. Era come se non ne avessi mai vista una e quella fosse la prima chiave della storia.

Sì, quel luogo era al di fuori del tempo: il vecchio si sarebbe estinto, ma la biblioteca gli sarebbe sopravvissuta. Se i familiari l'avessero venduta a blocchi o un esemplare dopo l'altro, non rispettando la sua volontà di donarla ai gesuiti, sarebbe stato come spargere le sue ceneri per il mondo. Forse le tracce che aveva lasciato dietro di sé erano soltanto le istruzioni per la propria cremazione.

Controllai l'ora e calcolai che si era fatto tardi. Rimisi la chiave nel suo alloggiamento e ogni libro come l'avevo trovato, poi scesi giù e mi rinfilai le scarpe.

Meno di dieci minuti dopo, Giovanna Baldini mi venne incontro piena di fiducia. Mi trovò nella stanza dei giacconi che cercavo di capire se ce n'era uno che potesse andare anche per me.

Si ferma a pranzo?

Allargai le braccia e le dissi che dovevo tornare a casa perché aspettavo una paziente. Non era vero, ma ci salutammo educatamente, senza nessuna promessa.

Soltanto prima di uscire le chiesi se sarei potuto tornare.

Quando vuole.

Anche domani?

Potremmo fare come oggi, la chiudo dentro per un po'. Ho delle altre commissioni da sbrigare.

Perfetto, a domani, allora.

A domani.

T

A tous ces bonheurs entrevus
Aux baisers qu'on n'osa pas prendre

Al rientro, sorpresi il Sor Gigi, il vecchio allenatore di boxe in pensione che viveva nel mio palazzo, seduto al solito posto nel cortile. Teneva lo schienale inclinato contro il muro, come qualche mese prima, la testa appoggiata all'indietro. Pareva una tartaruga appena uscita dal letargo che approfittava della prima tregua dopo giorni di pioggia.

Presi un'altra sedia e la sistemai accanto. Quel giorno, a parte Giovanna Baldini, non avevo scambiato una parola con nessuno e non c'era migliore occasione di quell'uomo taciturno e più alto di un lampione per fare due chiacchiere.

Si è mai giocato a carte un ricordo? gli chiesi senza mezzi termini.

Anche la sua risposta arrivò priva di filtri e di mediazioni.

Mi sono giocato a carte di tutto, ma i ricordi mai.

Allungò una mano sulla gamba. Notai che la falange di un dito era storta e l'osso di un altro innaturalmente rigonfio.

Molti dei pugili che ho allenato, scesi dal ring, hanno dimenticato persino la loro data di nascita.

Un danno collaterale?

Sì, diciamo così.

Ho letto degli articoli, in questi giorni. Dicono che senza le opportune precauzioni basta praticare questo sport da professionisti per sei anni di fila per avere un'alta possibilità di contrarre la malattia a fine carriera. È vero?

In realtà basta una serata storta. Tutti i pugili lo sanno. Per questo la prima cosa che si insegna è come parare i colpi. Ma è impossibile proteggersi per un intero incontro. Nessun combattimento ti lascia indenne.

Che succede, a quelli in cui si manifesta la malattia?

Hai mai visto un uomo che non riesce a portarsi un cucchiaio alla bocca?

Ho fatto una domanda stupida.

No, è bene sapere tutto, dall'inizio. Ai giovani, prima di cominciare, raccontavo la storia di Griffith.

Emile Griffith? L'avversario di Nino Benvenuti?

Sì, proprio lui. Mohamed Alì lo hanno visto tutti, in mondovisione, tremare per il Parkinson, mentre cercava di accendere la brace olimpica. Ma Griffith è morto da solo, in trenta metri quadrati, povero in canna e senza memoria.

Da qualche parte ho letto che nessun editore italiano ha voluto pubblicare la sua autobiografia.

È probabile. Benvenuti cercò di aiutarlo. Poco prima che morisse, spinse la sua sedia a rotelle fino al palco del Radio City Music Hall. Lo applaudirono, come sempre. Ma un applauso non costa niente.

Quell'uomo diventava loquace soltanto con me, ma mi piaceva sentirlo parlare.

Sai quanti incontri sostenne? Più di cento. Prova a moltiplicarli per il numero delle riprese: fanno più di mille round. Mille round a fare a cazzotti.

Ci sono leggende più famose, dissi.

Griffith, per me, fu il più forte di tutti, e il più sfortunato. Vinse cinque titoli mondiali, e perse tutto quello che si può perdere. E pensa che era diventato *boxeur* soltanto perché il proprietario della fabbrica di cappelli dove lavorava lo aveva spinto in una palestra. Se non fosse stato per quell'uomo non sarebbe mai diventato campione del mondo e non avrebbe mai avuto quell'incidente, nell'estate del 1962.

Non ero ancora nato.

La televisione americana mandò l'incontro in diretta dal Madison Square Garden: la stella nera di Griffith cominciò quella sera.

Chi era lo sfidante?

Un cubano, si chiamava Benny Paret, ma era conosciuto come Kid. Era la terza volta che incrociavano i guantoni: i match precedenti erano finiti uno a uno. Ma il titolo, in quel momento, lo deteneva il cubano, dopo una discussa vittoria ai punti.

Un campione anche lui?

Un pugile esperto, che però fece un errore. Al peso, provocò l'avversario prima toccandogli il culo, poi dandogli del *faggot*, del *maricón*, del frocio, insomma. Stasera mi faccio te e tuo marito, gli disse.

Il machismo è sempre la stessa merda.

Sì, anche ai Caraibi. Sugli spalti c'erano quasi ottomila spettatori. Paret resistette undici riprese, ma al termine della dodicesima Griffith lo mise alle corde e scatenò tutta la sua rabbia. Una sequenza di colpi impressionante. Me la ricordo ancora. Dieci, venti, trenta cazzotti in una manciata di secondi. Non ho mai visto nessun altro pugile colpire con quella forza e quella velocità. Uno scrittore americano, non mi chiedere chi, disse che la sua mano destra sembrava una mazza da baseball che demoliva una zucca. L'arbitro lo fermò troppo tardi. Paret cadde a terra come se gli avessero staccato la corrente. Morì dieci giorni dopo.

Il Sor Gigi stirò le gambe in avanti.

Non lo perdonarono mai. Dissero che si era voluto vendicare: è sempre così, la gente è pronta ad assolvere tutto, meno chi è stato offeso, se la sua reazione diventa violenta. Soprattutto se è negro, e se è frocio. Gli addossarono la morte di quel ragazzo, ma non era stata colpa sua. L'arbitro, gli allenatori, i giudici, dovevano intervenire prima, era il loro mestiere. Non si deve mai sottovalutare la rabbia degli uomini buoni. E Griffith lo era. Dopo quell'episodio continuò a boxare, a vincere, a perdere, ma la paura di uccidere, ora che sapeva che poteva farlo, gli frenò sempre l'ultimo pugno. Sul ring aveva le mani legate. Le lasciava libere soltanto la notte, in qualche locale dell'Ottava Strada o al Greenwich Village. Iniziò a soffrire d'insonnia. E ad andare con chi gli capitava, uomini, donne, chiunque potesse restituirgli un po' d'allegria e di calore. Era la sua natura. Prese a vestirsi in modo stravagante. E quando si ritirò, diede tutti i soldi alla madre e ai parenti e iniziò ad allenare anche lui, come me. Ma non era finita. Una sera lo picchiarono selvaggiamente all'uscita di un bar gay, l'Hombre, vicino a un terminal degli autobus, dalle parti di Times Square. Gli sfasciarono i reni. Poco dopo si manifestarono le prime amnesie. Fecero appena in tempo a fargli incontrare il figlio di Paret, davanti a una telecamera. Una cosa oscena, Vince. Non c'era niente da perdonare e da farsi perdonare, niente che meritasse di essere filmato. Quello era soltanto l'abbraccio tra un orfano e un uomo malato.

Sollevò le spalle. Cominciava a fare fresco.

È questa la storia che non mi sono mai stancato di ripetere a chi voleva passare al professionismo. Il pugilato è una questione di vita o di morte.

Restammo in silenzio.

Come finì, per lui? chiesi dopo un po'.

In un centro di assistenza. L'Alzheimer non si può prendere a pugni. Dallo Stato Griffith non riceveva che 300 dollari al mese, la pensione minima. Conservava i suoi trofei, ma non ricordava più dove e quando li avesse vinti.

Si alzò in piedi. La primavera aveva un odore di curcuma e di curry. Avrei voluto sentire la sua voce, a bordo di un ring. Ci stringemmo nelle giacche e rientrammo nelle nostre case.

U

Aux cœurs qui doivent vous attendre
Aux yeux qu'on n'a jamais revus

La mattina successiva, arrivai sotto il cancello del vecchio con mezz'ora di anticipo. Ne approfittai per fumare una Gitane e dare uno sguardo intorno. Come nel resto della strada, le case vi sorgevano isolate. Palazzine dai portoni di castagno e cortili vuoti.

Nel marciapiede opposto, due alberi magri e scuri lasciavano cadere, a rapidi scrolloni, l'acqua che si era depositata sui rami. Un fiumiciattolo di sabbia e fango correva verso il basso.

A metà della curva sul vetro di una porta erano stati dipinti due ballerini quasi a grandezza naturale. L'uomo aveva il peso del corpo su una gamba, l'altra allungata all'indietro. Lei guardava da una parte, le mani sui fianchi, il piede alzato. Sopra, la scritta Birreria Fratelli Airoldi.

Restai a osservare per un po' quella danza triste, congelata nella luce fredda della mattina come un patto che non si poteva rompere. Poi entrai e presi un caffè allo stesso tavolo dove sono seduto adesso. Aveva piovuto per tutta la notte, e i bollettini meteo ripetevano che le condizioni del tempo sarebbero rimaste invariate ancora per qualche giorno.

Mi venne da ridere. Il vecchio si era preso gioco di tutto. Le parole sono solo la traduzione di cose che esistono. Una chiave è una chiave è una chiave. Rifletti, Vince, rifletti, se c'è una chiave deve esserci anche una serratura.

Giovanna Baldini parcheggiò lì vicino. Pagai e le andai incontro. Aveva scelto una giacca più leggera. I pantaloni erano perfettamente stirati. Aprì il cancello, poi il portoncino. Dalle scale provenne il solito tanfo di vino acido.

Le mie scarpe erano bagnate. Giovanna Baldini mi chiese di toglierle ancor prima d'entrare. Lei rimase fuori, con i piedi sullo zerbino. Andava di fretta, ma promise che sarebbe tornata presto. In sua assenza, avrei potuto prendermi tutto il tempo che mi serviva.

Tirò fuori dei soldi dalla borsa.

Le poggiai una mano sul braccio.

Mi ha già pagato abbastanza.

Aveva un polso stretto, la pelle liscia.

È solo un libro, quello che cerca, signora Baldini?

I suoi occhi non tradirono nessuna incertezza.

La malattia di mio fratello sta galoppando. Sono sicura che trovare quel libro potrebbe ancora aiutarlo. Ma dobbiamo fare in fretta.

Si allontanò senza voltarsi. Lentamente richiusi la porta, mi tolsi le scarpe e salii al piano di sopra.

La biblioteca era immersa in un silenzio vegetale. Con la sua aquila impagliata, le sfere piene d'acqua, i vasi di terracotta. La illuminava, dall'alto, la stessa debole luce del giorno prima.

Mi inginocchiai davanti alla libreria C per individuare il libro contraffatto a forma di chiave. Passai un dito lungo tutte le coste: *Hieroglyphica, De rerum varietate, Des signes, De quatuor linguis commentatio.* Per un lungo momento, ebbi paura di non ricordare bene, oppure che fosse stato cambiato di posto o portato via. Mi diedi dell'imbecille: potevano avere nascosto una telecamera in una statuetta di porcellana. O nella lanterna magica sullo scaffale seguente.

Ma i miei dubbi durarono poco. Non c'era nessuna trappola. E non avevo avuto nessun miraggio. Il libro si trovava dov'era sempre stato: dopo la *Clavis universalis artis lullianae* e prima di una recente ristampa di un *Thesaurus Artificiosae Memoriae.*

Ne cavai fuori la chiave e la osservai con calma. Non sembrava appartenere alla cassetta di sicurezza di una banca. Da quanto ne sapevo, ogni sistema di custodia è regolato da un contratto e necessita di una chiave numerata. La strinsi nel pugno. Nessuna cifra vi era incisa sopra.

Ispezionai da capo le tre stanze. Non avevano nessun altro accesso se non la rampa di scale dalla quale ero salito. Anche le finestrelle che le rischiaravano erano incastonate all'interno di quella libreria continua e indivisibile.

Provai con le teche di legno e di vetro. In tutto erano cinque, basse e con un piano leggermente inclinato da entrambi i lati come un tetto o una piramide. Ma la serratura non combaciava.

Cercai di ragionare: il testo che lo precedeva era un trattato sull'arte combinatoria, e quello successivo, a sfogliarlo, pareva una specie di manuale del Rinascimento di tutti i metodi e gli artifici utili a ricordare. Quando insegnavo, mi rammentai di avere letto un famoso saggio di una studiosa inglese sulla storia e l'arte della memoria che mi aveva appassionato. La tecnica più famosa era quella di pensare a un palazzo o a una chiesa e associare a ogni elemento architettonico tutto quello che non si vuole dimenticare. Ad esempio, se si deve memorizzare una lista di prezzi, un sistema efficace è quello di immaginarsi seduti in mezzo a una navata e assegnare a ogni colonna una cifra. Bisogna stringere un rapporto tra lo spazio che si immagina e l'informazione da trattenere.

Se quella biblioteca era un teatro simbolico che il vecchio aveva ricoperto di segni, la sola interpretazione possibile era matematica. Sì, dovevo cercare il numero che la chiave non aveva. Ma a contrassegnare le singole librerie, là dentro, erano soltanto delle lettere.

Nel suo racconto sulla biblioteca di Babele, Borges aveva parlato di venticinque simboli ortografici costituiti dallo spazio, il punto, la virgola e ventidue lettere dell'alfabeto. I simboli naturali del linguaggio.

Senza pensarci troppo, iniziai a contare dal falso libro in avanti.

Il venticinquesimo era una *Grammaire mandarine ou principes généraux de la langue chinoise parlée*, di un professore di cinese moderno, M. A. Bazin, pubblicato a Parigi nel 1856. Lo tolsi alla ricerca di un'intercapedine. Controllai dietro ogni volume vicino, ma senza nessun risultato.

Tornai alla casella di partenza e andai a ritroso: niente da fare. Nessuna fessura, nessun ripostiglio. Ricontrollai l'orologio: inesorabile, una intera stagione stava passando sul mio quadrante.

Più veloce, Vince, devi andare più veloce.

Feng aveva detto che il cinese per alcuni studiosi vantava il più vicino grado di parentela con l'alfabeto prebabelico e che i simboli grafici necessari per comporre tutti gli ideogrammi erano stati riassunti in duecentoquattordici radicali.

214!

Il numero della *clavis sinica*.

La chiave cinese.

Da capo riprovai a contare sempre dallo stesso punto, con un senso di presagio. Dovetti ricominciare più volte, per l'emozione, e soltanto con molta pazienza, a metà della libreria successiva, riuscii a isolare un piccolo volume inserito tra centinaia di testi cinesi.

Doveva essere finito lì per errore perché si trattava della prima edizione di *Stoner*, il romanzo di John Edward Williams, che aveva avuto un clamoroso successo internazionale soltanto cinquant'anni dopo la sua prima uscita.

Che ci faceva un romanzo americano nel settore della Cina? Il suo posto era nella terza stanza, tra i romanzi contemporanei. Chi lo aveva ricollocato così malamente?

Lo presi tra le mani, pensieroso. Quel luogo non prevedeva nessuna svista o imprecisione o forse anche l'errore, all'interno di quel sistema, aveva un suo necessario significato? Sulla copertina era disegnata una finestra che dava su un prato verde e su tre colonne neoclassiche di un college americano.

Esaminai il frontespizio: New York, Viking Press, 1965.

Avevo amato quel romanzo con lo stesso amore che mi suscitano le storie degli scrittori sfortunati. Rilessi la dedica iniziale agli amici e ai colleghi del dipartimento di inglese dell'università del Missouri. Poi cominciai a sfogliarlo con rispetto, finché mi accorsi di un segnalibro di metallo nascosto a metà della seconda parte.

Aveva la punta arrotondata e un dragone rosso inciso sopra. Aprii la pagina che lo conteneva. Verso la fine, il vecchio aveva sottolineato un breve periodo. Riconobbi il passaggio dalle prime righe:

On their last morning, Katherine straightened the furniture and cleaned the place with slow care.

Lo tradussi in silenzio:

L'ultima mattina, Katherine sistemò i mobili e ripulì l'appartamento lentamente e con cura. Si tolse la fede che teneva al dito e la incastrò in una fessura tra il muro e il camino. Poi sorrise, lucidamente: «Volevo lasciare qualcosa di nostro; qualcosa che so resterà qui finché esisterà questo posto. Forse è stupido».

Stoner non le rispose. La prese per un braccio e uscirono insieme dall'appartamento, avanzando a fatica nella neve fino alla reception, dove il pullman sarebbe passato a prenderli per portarli a Columbia.

I wanted to leave something of our own here; something I knew would stay here, as long as this place stays. Maybe it's silly.

Non avevo dimenticato l'umanità di quella scena, la cerimonia di un addio tra due amanti che volevano salvare almeno la memoria della loro felicità nel luogo in cui l'avevano provata.

Volevo lasciare qui qualcosa di nostro, una traccia della nostra presenza.

Tolsi tutti gli altri libri dalla mensola.

Non mi muoveva più l'istinto, ma il preciso sentore di essere vicino alla soluzione. Non mi sbagliavo. La serratura era lì, al centro del pannello di legno, indiscutibile come una prova.

Infilai la chiave senza sforzo. Fu sufficiente girarla due volte: il cilindro scattò e una parte della libreria si mosse, giusto l'indispensabile per sagomare intorno ai primi cinque scaffali il profilo di una porta. La tirai verso di me, piegai la testa e mi feci luce con la torcia dello smartphone.

Uno striminzito camerino era stato ricavato dal retro delle scale. A entrarci mi parve di profanare un sepolcro. Era come un occhio cieco della casa e ci misi un po' a orientarmi in quell'oscurità appena spezzata dalla lampadina del telefono e dalla poca luce che penetrava.

All'interno, un tavolino, una sedia, delle altre mensole strapiene di riviste, giornali, fumetti ricoperti di polvere. Era lì dentro che il vecchio aveva scelto di tumulare i suoi ricordi. Ma dove?

Illuminai il tavolino. Sopra c'era soltanto un libro, con la copertina bianca e l'illustrazione di un treno che correva nella campagna.

Lessi l'autore e il titolo, ma li conoscevo già.

Osvaldo Soriano
Un'ombra ben presto sarai

Ogni cosa, ora, si illuminava di una coerenza imprevista. Acquisiva un doppiofondo. Gli indizi, le frasi ripetute, la pagina che avevo ricostruito, e quella storia di fantasmi e di terre desolate, senza più memoria né desideri né utopie.

Mi fermai a riconsiderare per un istante il gioco insensato di associazioni che mi aveva spinto fino a quello sgabuzzino segreto. Niente si poteva più ridurre a una sola soluzione. Ero nel cuore della biblioteca, nelle fondamenta della Torre di Babele.

Ma dove conduceva ancora quel libro? Quale altra combinazione conteneva?

Lo aprii per vedere se il vecchio vi avesse scritto l'indirizzo di un notaio o il suo testamento. Ma di quel romanzo era rimasta soltanto la copertina. Legava insieme, alla maniera cinese, un mucchietto di fogli sparsi e autografi, scritti da una mano che pagina dopo pagina si faceva sempre più incerta.

Mi assicurai che sul tavolo non ci fosse nessun altro quaderno, nessuna busta, nessun involucro, ma mentre terminavo la mia perlustrazione il portone di sotto si schiuse.

Presi quello strano volume, lo infilai sotto la giacca, spinsi contro la parete la libreria e chiusi il passaggio che avevo spalancato. La serratura scattò di nuovo e ogni segno esterno scomparve. Rimisi in fretta la chiave nell'astuccio e riordinai tutti i libri che avevo tolto dagli scaffali, giusto in tempo per accogliere Giovanna Baldini con un sorriso alla base delle scale.

Alors, aux soirs de lassitude

Da quando esercitavo la biblioterapia, finivo sempre per mettere il naso dove non avrei dovuto. Mi ero persino trasformato in un ladro. Qualunque cosa ci fosse stata scritta su quelle carte, non mi riguardava. Eppure sentivo di dover portare a termine un compito che mi era stato affidato. Anche se non sapevo più da chi.

Gabriel lo aspettai insieme a Django su una panchina di piazza Vittorio. Da lì potevo vedere le rovine dell'antico ninfeo romano, e quanto restava della villa degli alchimisti che avevano tentato per secoli di trasformare la materia in oro: le due statue di un dio egizio, i misteriosi simboli incisi su un architrave, le tracce delle altre iscrizioni che nessuno era stato capace di decifrare. Era quello il centro del mio quartiere, la Porta Magica dove iniziavano e finivano tutte le storie.

Sapevo che Gabriel sarebbe arrivato dopo aver chiuso la portineria. Avrei potuto parlarci nel suo gabbiotto, ma preferivo continuare la nostra conversazione nello stesso punto in cui l'avevamo interrotta poche settimane prima.

Non avevo voglia di leggere. Nell'attesa rimasi lì, sfaccendato, a osservare le persone che stazionavano nei giardini o li attraversavano da sole o a gruppi. Chissà qual era la stanza segreta di ciascuno di loro, che cosa ci custodivano. Ma ogni destino è riconoscibile sul volto degli uomini molti anni prima che si compia, aveva sostenuto una fotografa americana, persino il suicidio o la demenza. A patto di non avere paura nel vederlo. Lo si porta stampato negli occhi, come una cicatrice.

Prima di Gabriel, fu Seneca a venire solennemente verso di me. Django scodinzolò appena, ma non si mosse.

I cani fanno camminare, disse Gabriel.

Quell'uomo mi confondeva sempre un po'. Il suo sguardo non era come il mio, che si accontentava solo della prima luce, del primo riflesso.

Ma quel pomeriggio anche Gabriel aveva le guance stanche, tristi.

Il palazzo ti dà troppo da fare? gli chiesi.

No, Vince, il lavoro è sempre lo stesso. È l'aria che è cambiata.

Che vuoi dire?

L'altro giorno, un vecchio egiziano che vive nel nostro quartiere da almeno cinque anni è caduto in una corsia del supermercato vicino alla basilica. Aveva avuto un capogiro, o gli era scivolato il bastone. Abbiamo soltanto sentito il tonfo, io e mia moglie. Sono andato da lui. Aveva sbattuto la testa, gli usciva del sangue. Ma nessuno lo ha soccorso, e quando ho cercato di farlo me l'hanno impedito. Il vecchietto ha strisciato come un ragno prima di rialzarsi. È arrivato il responsabile del negozio e gli ha ordinato di raccogliere tutto quello che aveva fatto cadere. L'ha trattato peggio che un animale. Peggio di un ladro, o di un ubriaco. Gli ha detto di tornarsene al paese da dove era venuto. Il vecchio ha tirato su tutte le scatolette di carne in scatola, e quelle di tonno, e i commessi lo hanno maledetto perché continuava a perdere sangue e a sporcare il pavimento. È uscito che le gambe gli tremavano. C'erano pure dei ragazzi che non erano italiani, e che hanno riso tutto il tempo. Con mia moglie abbiamo tolto dal carrellino la spesa che avevamo fatto e siamo andati via anche noi, lasciandola lì.

Restò un po' in silenzio.

Non lo so, Vince.

Non sai cosa?

Non lo so più se voglio invecchiare in questo paese. Non era che un vecchio, non aveva fatto niente. Parlava soltanto un'altra lingua, come me.

Mi fissai i piedi.

Saremo sempre lo straniero di qualcun altro, non è stupido? disse ancora.

Forse è successo qualcosa, Gabriel, e non ce ne siamo accorti.

Ma tu che hai fatto con il tuo, di vecchio?

Sono andato a trovarlo.

Non ci va nessun altro?

A parte la sorella, non credo.

Eppure non era certo un misantropo.

Sai se frequentava qualcuno, qui intorno?

No, ma ho sentito che ogni settimana andava alla posta, a spedire una lettera o chissà che.

Te l'ha detto la tua amica che lavorava da lui?

Lei mi ha detto solo che ogni tanto si assentava per qualche giorno. Ma che da qualche mese aveva smesso anche di viaggiare.

Dopo che gli diagnosticarono l'Alzheimer?

Gabriel tirò su le spalle.

Estrassi un biscottino per cani e Seneca si accucciò ai miei piedi, uggiolante, sotto lo sguardo sospettoso di Django.

Il giorno dopo tornai alla Villa delle Rose. A presidiare l'ingresso c'era lo stesso uomo con la cravatta e la camicia bianca dell'altra volta. Non pioveva da qualche ora, ma l'asfalto del piazzale era ancora bagnato.

Nessuno mi fermò e così mi diressi verso il reparto. Sulla porta c'erano gli stessi degenti di due settimane prima. Stazionavano dove li avevo lasciati, quasi nelle stesse posizioni. La donnina con le mani piene di macchie e il sorriso angelico di un solo dente. La ragazza con la canottiera blu e l'iPad sulle gambe.

Al secondo piano il pianerottolo era vuoto, la porta di ferro serrata, nessun parente in attesa sul divanetto. Aspettai che un infermiere o una suora mi venissero ad aprire. Mi lasciarono entrare senza chiedermi niente, con una sorta di rassegnata disciplina, e sentii la porta richiudersi pesante alle mie spalle.

Una folla di malati andava su e giù per il corridoio, ognuno per suo conto. Riconobbi l'ex attore, e la giovane donna che mi aveva invitato a ballare, e Achille, che mi toccò i capelli e poi si mise a battere le mani più veloce del solito. I pavimenti erano macchiati dalla tosse incancellabile dei vecchi, le lenzuola dei letti gelate.

Lo trovai più avanti. Sedeva nella sala da pranzo, da solo. Mi guardò con un sorriso non saprei dire se ebete o beffardo. I capelli gli erano cresciuti ai lati, bianchi e disordinati, e quasi gli toccavano le spalle. Mi parve un uomo inerme e smarrito, o forse definitivamente sedato dai farmaci.

Mi sedetti vicino a lui. Sorrise, poi piegò la testa e si addormentò. Ogni tanto si ridestava, per qualche secondo, per riassopirsi subito dopo.

Non sapevo se nella sua vita era stato un contaballe di genio o il re degli impostori oppure un uomo che aveva avuto per davvero un prodigioso talento per le lingue. Forse un poco di tutte queste cose insieme, ma in ogni caso poteva stare tranquillo, avrei difeso il suo segreto dalle malelingue e dai pettegolezzi.

Glielo dissi. In fondo, soltanto per questo ero venuto. Ma era difficile credere che potesse sentirmi, in quel dormiveglia inaccessibile.

Mi alzai, e stavo per andarmene quando le sue labbra composero quello che mi parve l'inizio di un nome. Due sillabe appena, un filo di fiato. Allora era vero, era tutto vero, pensai. Non smettiamo d'amare mai, nella nostra vita dissipata.

Scappai fuori, saltai su un autobus e andai il più lontano possibile da quell'edificio. I versi di un poeta americano mi rimbombavano nella testa.

*Il nome di una ragazza che una volta ho amato
mi è volato dalla punta della lingua
su per la strada oggi,
come una mosca addomesticata
tenuta da un pazzo in una scatola di cerini –
sparito!
E mi ha lasciato a bocca aperta,
tanto aperta che
chiunque passando possa vedere.*

I tergicristalli delle macchine avevano ricominciato a stridere. Gli alberi sembravano mutilati, i giardini spogli. Sui viali, popolazioni di ciechi si muovevano minacciosi sotto una pioggia regolare e fredda. Il fiume era una striscia giallastra, e portava cicatrici nelle braccia e nel ventre, a forma di mezzaluna.

Se fossi costretto a giocarti a carte il tuo ricordo più bello, che cosa punteresti, Emiliano?

Le giornate erano sempre più lunghe, e interminabili.

È una strana domanda, Vince.

Immagina che tu abbia finito tutti i soldi, ma ti venga concesso di usare come posta i tuoi ricordi, quale sarebbe il più prezioso che caleresti sul tavolo?

Forse abbandonerei il giro.

In questo caso perderesti tutta la tua memoria.

Non avrei scelta, quindi.

No, le carte non ammettono la vergogna, prima o poi bisogna calarle.

Potrei dire una cosa banale.

Per esempio?

Il giorno del mio matrimonio.

Guardai verso una pila di libri che era ammucchiata sotto la finestra.

Una volta mi hai mostrato una foto, avevi accanto una ragazza, sembravate felici. Ti avrei voluto chiedere tante volte come si chiamava, dissi.

Hai trovato un modo elegante per farlo.

Scusami, non avevo intenzione di...

Mi giocherei quella foto, Vince. Lei si chiamava Claudia. Ci eravamo conosciuti su un treno. Avevo uno zaino pieno di libri, come al solito. Mi chiese se gliene prestavo uno, per il viaggio, perché non avrei potuto leggerli tutti. E scoppiò a ridere.

E tu?

Scelsi con cura il libro da prestarle.

Come hai fatto, se nemmeno la conoscevi?

Le diedi quello più lungo, così non avrebbe potuto finirlo. Ma era un bel libro, uno di quelli che non si possono abbandonare. Quando arrivammo a Roma, le dissi che poteva tenerlo, a patto di farmi sapere se le fosse piaciuto o no. Le lasciai il numero della libreria dove lavoravo a quel tempo. Tre mesi dopo ci sposammo.

Era la prima volta che Emiliano mi parlava del suo matrimonio. Avrei voluto sapere cosa fosse successo dopo, ma non c'era spazio per i brutti ricordi, quella sera.

Tu, invece, Vince, cosa ti giocheresti?

Il tavolino di un bar, di notte.

Racconta.

Non c'è molto, da dire. Una piazza enorme e deserta. Saracinesche chiuse. Portici vuoti. Tutte le finestre dei palazzi serrate. Soltanto la luce dei lampioni, intorno. E un silenzio assoluto.

Che ore erano?

Le tre, forse le quattro.

Conosco quel momento.

Sì, è come una tregua. Il tumulto della notte si placa, e l'alba è ancora un pettegolezzo. Ma dura poco. Ci sedemmo a un tavolino, da un lato della piazza, ma le sedie le avevano legate con una catena. Non fu facile entrarci, perché non si potevano spostare. Dovemmo incastrare le gambe, e stringerci l'uno contro l'altra. Saremmo potuti restare lì tutta la vita, ad aspettare le ordinazioni di un cameriere che non sarebbe mai arrivato.

Eri con Serena?

Ha ancora importanza?

W

Tout en peuplant sa solitude

Esiste un libro che possa far diventare intonati?

La donna che mi sedeva di fronte aveva diversi anni meno di me. Quando muoveva le braccia, dalla maglietta si intravedeva il profilo di un tatuaggio inciso sul polso. Ma non ero riuscito a capire cosa rappresentasse, perché spariva subito sotto la manica come in un gioco di prestigio. Una farfalla? Un'ancora? Una chiave di violino?

Lavora in un'orchestra? le chiesi.

No, da cinque mesi faccio la cassiera in un supermercato. Ma cantare è sempre stato il mio desiderio più grande. Sin da bambina. Non provavo invidia per le mie amiche più belle, soltanto per quelle che erano intonate. Sognavo di salire su un palcoscenico e di stregare il pubblico con la mia voce, non so davvero che avrei dato per avere quel dono. E invece il destino mi ha concesso solo questo timbro sgraziato e antimusicale.

Mi avevano chiesto rimedi per tutto, negli ultimi mesi, ma di questo genere era la prima volta.

Ha mai provato a iscriversi a un coro?

Sofia, questo era il suo nome, mi osservò piena di terrore.

Oliver Sacks lo chiamava il prodigio della «neurogamia», proseguii. È quel particolare accordo che si provoca tra i sistemi nervosi di più persone attraverso la musica. Un magnetismo che manda a tempo anche chi è affetto da tic o da altri disturbi ossessivo compulsivi. Il professor Sacks ne ha scritto a lungo in un suo libro che si intitola *Musicofilia* e che le consiglio senz'altro. Ma se si crede stonata, consideri che soltanto il cinque per cento della popolazione lo è per davvero. Alla nascita siamo tutti intonati. Se non riusciamo a cantare è soltanto per un problema di vergogna, di timidezza, per un rimprovero infantile, a volte per un dolore. O semplicemente perché non sappiamo più ascoltare con l'attenzione necessaria. Praticare un'attività di gruppo non potrà che farle bene. Lo sa che a Milano hanno fondato un Coro degli Stonati? Sembra che abbiano decine di richieste di partecipazione, di qualsiasi età.

Non avevo calcolato fino in fondo la delicatezza del tema, perché Sofia si schiacciò contro lo schienale della poltrona.

Forse non mi sono espressa bene. Basta la mia voce a darmi fastidio. Il cinque per cento è una percentuale minima e quasi insignificante, ma non per chi ne fa parte. Non consola sapere di stare dal lato sbagliato delle statistiche, e più la percentuale è piccola, più fa male. Le ripeto la domanda: esiste, per lei, un libro che possa far diventare intonati?

Presi un po' di tempo, per riflettere, cercando di non fare ricorso ad altre scempiaggini.

Sì, esiste, risposi, ma subito mi resi conto dell'enormità della mia affermazione e del rischio che stavo correndo. La presi alla lontana.

Un poeta argentino invitava i lettori a non porsi troppi quesiti sul libro che stanno leggendo. Domande del genere: di cosa parla questo romanzo? Com'è fatto? Qual è lo stile? Insomma, tutte le menate sul messaggio, le intenzioni, l'architettura... Per quel poeta una sola domanda aveva senso. Una domanda di appena quattro sillabe: Come suona? Ecco: l'unico interrogativo ragionevole che un lettore dovrebbe porsi di fronte a quello che legge è chiedersi sempre come suona.

Lasciai depositare per bene queste parole prima di continuare.

Sì, perché i libri suonano. Un libro, ogni libro, è una scatola sonora. E sono sicuro che possa educare alla musica per il fatto stesso che è musica. Un anno non molto lontano Patty Smith vincerà il premio Nobel per la letteratura, vedrà, sono pronto a scommetterci, e ci saranno lunghe discussioni e polemiche, esultanze, delusioni. Ma io aspetto il giorno in cui sarà uno scrittore a essere premiato come miglior musicista dell'anno. Ah, quello sì che sarà un gran giorno. Ma questo, purtroppo, non accadrà mai.

Mi versai un bicchiere d'acqua e ne riempii un altro per la mia ospite.

Per prima cosa esistono degli esercizi che potrebbe fare. Il primo sarà la lettura a voce alta. Non è proprio come cantare, ma allenerà lo stesso le sue corde vocali, e non ne sottovaluti la difficoltà. In pochi sanno leggere bene, con le pause giuste, la giusta complicità, considerando con cura la pretesa di significato che reclama ogni parola. Ci provi. All'inizio sarà sopraffatta da un senso di ridicolo: da sola, in piedi, nella sua casa, magari davanti a uno specchio. Dica a se stessa che sta facendo ginnastica. Cerchi l'intonazione, si affidi alla sensibilità. C'è chi legge troppo rapido, chi troppo lento, chi non rispetta la punteggiatura, chi falsa il contenuto o storpia i vocaboli e alla fine si confonde, chi si impunta su una frase come davanti a un macigno, chi si ferma e inciampa o non fa capire più nulla. No, lei deve imparare a dosare la velocità e gli accenti, a modulare il respiro, a dare rilievo agli attacchi e alle chiuse. Pensi che quello che ha davanti sia uno spartito, e come ogni spartito vada letto secondo le leggi della musica. Sta a lei decifrarlo, indovinare la lunghezza delle note, rispettare la tonalità e la chiave in cui è stato scritto. Vedrà che con l'abitudine anche il suono della sua voce non le apparirà più sgradevole come ora e presto smetterà di vergognarsi e di farsi censurare dalla sua timidezza. La pagina di un romanzo, una poesia, un articolo di giornale: per cominciare va bene tutto.

Mi sembrava di essere stato abbastanza persuasivo. Ma nel dubbio aggiunsi un'ultima informazione.

Sappia che ci sono parecchie associazioni di lettori ad alta voce, in ogni paese del mondo. Da noi si chiamano LAV. Volontari che vanno a leggere negli ospedali o nelle carceri, per chi non può più farlo, per tenere compagnia agli anziani o ai detenuti, per i ciechi. Se non ama i cori polifonici, appena avrà fatto un po' di pratica, potrebbe iscriversi a uno di questi gruppi. In fondo, si tratta sempre di musica d'insieme.

Bevvi un altro sorso d'acqua e aspettai la sua reazione.

E da quale libro dovrei iniziare, secondo lei?

Provai la stessa sensazione di quando, a un tavolo di poker, si lancia un bluff e gli altri chiedono di vedere le tue carte. Non mi venne niente di meglio che mettermi a recitare.

Stella, mia unica stella,
nella povertà della notte, sola,
per me, solo, rifulgi,
nella mia solitudine rifulgi...

Sofia restò in silenzio.

L'ha scritta Ungaretti, è una delle sue ultime poesie. Comincerei da lui. Noi non eravamo ancora nati, ma c'è chi se lo ricorda affondato in una delle poltrone della Rai, mentre introduceva uno dei più memorabili sceneggiati della televisione italiana: l'Odissea. Era il 1968. Me ne parlò un collega di Lettere più grande di me in un liceo classico di Palestrina dove ho lavorato come supplente. Mi disse che da quando aveva visto Ungaretti in televisione, Omero aveva sempre avuto la sua voce. Una voce cavernosa e senza tempo. La voce eterna della poesia. Può cercarlo su YouTube e verificare da sé.

Non si può dire che avesse propriamente una bella voce, osservò Sofia.

Eppure fu uno dei pochi scrittori italiani che parteciparono a un vero concerto. Teatro Argentina, metà degli anni Settanta. Sul palco, insieme a lui, c'erano Chico Buarque, Toquinho, Baden Powell, Sergio Endrigo e il suo vecchio amico Vinicius de Moraes. Ne ha scritto anche il più gentile dei nostri scrittori contemporanei, Maurizio Maggiani, in uno dei suoi primi romanzi. Vinicius aveva i capelli bianchi, legati all'indietro, la pancia in fuori. Ungà, come lo chiamavano i brasiliani, sembrava un bambino di ottant'anni, capriccioso, felice. Uno di quegli spiritelli dispettosi che, secondo Maggiani, entrano nelle tende dei beduini per spargere il malocchio, e poi lo levano in cambio di dolci di sesamo. Su quel palco, Ungà e Vinicius bevevano whisky, parlavano, leggevano poesie, cantavano, si benedicevano e benedicevano la loro vita di vecchissimi uomini che avevano molto amato, molto sofferto, e anche molto sbagliato, ma che non avevano odiato mai.

E lei crede che la lettura di Ungaretti mi aiuterà a diventare una cantante di samba?

Assecondai l'ironia di Sofia.

Perché no? Basta un filo di voce per cantare quella musica. E Vinicius dimostrò al mondo intero quanto un poeta fosse prima di ogni cosa un musicista. Inventò qualcosa che non esisteva: la *bossa nova*. Lo sa che la canzone manifesto di quella rivoluzione musicale ha un titolo esemplare? *Desafinado*.

E cosa vorrebbe dire?

Stonato. Tutto quello che Vinicius e i suoi amici avrebbero scritto, suonato e cantato, rivoluzionando la storia della musica popolare, sarebbe stato sempre *stonato* rispetto al mondo. In levare, non in battere.

Non ho ancora capito cosa c'entra Ungaretti.

Cominci da lui, dalle sue poesie, dalla sua vita.

Ne è sicuro?

Non sono un esperto, ma ha una biografia interessante.

Sofia assunse un tono fastidiosamente professorale.

Si ricorda dove è nato?

Avrei voluto giustificarmi, dirle che ogni tanto mi prendevano di queste amnesie, e che negli ultimi tempi mi era capitato più volte. E aggiungere anche che mi stavo occupando dello strano caso di un uomo che amava la poesia, ma che aveva perso la memoria.

Ma non ne fui capace.

Beh, glielo dico io, allora: era nato ad Alessandria d'Egitto, una città sull'orlo del deserto. La famiglia era originaria di Lucca e aveva preso casa nel quartiere di Moharrem Bey, in periferia. Durante l'infanzia, all'alba, la voce che il piccolo Ungaretti sentiva più spesso era quella del muezzin, che cantava dal minareto. Ma le prime favole fu una vecchia balia croata di nascita a raccontargliele.

La ascoltavo allibito.

Come fa a sapere tutte queste cose, Sofia?

Ho un dottorato di ricerca in letteratura italiana e ho studiato Ungà per anni. Ma all'università si trova meno lavoro che nei supermercati.

Mi dispiace.

Di cosa?

Non lo so, ma mi dispiace.

Sofia sorrise. Uno di quei sorrisi musicali che soltanto un poeta potrebbe descrivere. Pensai a un letto, e a lei dentro, e a come sarebbe stato. Dovette accorgersene.

Lo sa che nella sua vecchiaia Ungaretti si innamorò come un adolescente di una poetessa italo-brasiliana di ventisette anni?

Anche se a quella ragazza dovevo apparire come un dinosauro, non c'era una così grande differenza d'età tra di noi.

Sembra che le abbia scritto un baule di lettere incandescenti. Uno scandalo. Progettò persino di sposarla, disse.

Finì di bere la sua acqua.

Lei canta, signor Corso?

No, ma suono uno strumento.

Non è uguale.

Il mio è uno strumento solista: canto attraverso di lui.

Lei si nasconde, signor Corso, come me.

Quella donna non si sbagliava. La verità è che la mia voce non avrei mai smesso di cercarla, ma neppure Aznavour in persona avrebbe potuto aiutarmi.

Forse dovremmo cantare anche da stonati, dissi.

Ungaretti sarebbe stato d'accordo.

Lo credo anch'io.

Sofia rise di nuovo.

Mosse un braccio e la farfalla che aveva tatuata sul polso parve scuotersi.

E come finì, con la giovane poetessa?

Ungà restò da questa parte dell'oceano. Per lui era troppo tardi. Scrisse che la sua vita era stata il racconto d'amore d'un demente, nell'ora degli spettri. Ma si ostinò a viverlo fino all'ultimo. E anche lei, pur divenendo moglie di un altro uomo, e poi madre, a suo modo restò fedele a quell'amore impossibile. A Ungaretti era morto un figlio in Brasile, tanti anni prima: anche se non era suo, lei continuò per tutta la vita a portargli dei fiori sulla tomba. E credo lo faccia ancora.

Mi girai verso la finestra, pensando che soltanto una donna poteva essere capace di un gesto d'amore come quello.

Sofia si mise in piedi, lasciò i soldi sul tavolo, mosse qualche passo nella stanza. Prima di uscire si bloccò, come se si fosse ricordata di qualcosa.

Ma, per me, stella,
che mai non finirai d'illuminare,
un tempo ti è concesso troppo breve,
mi elargisci una luce
che la disperazione in me
non fa che acuire.

Termina così, quella poesia, disse dalla porta.

X

Des fantômes du souvenir

A volte pensavo di essere l'uomo più solo del mondo. Tutte quelle donne che venivano da me, non erano altro che la mia terapia per essere stato abbandonato da Serena. Non ci rimuginavo più sopra con l'insistenza dei primi mesi, ma ogni tanto succedeva che girassi l'angolo di una strada e ne affiorasse un'altra, senza nessuna logica, l'androne di un cinema, un negozio di tessuti al ghetto che avevamo visitato insieme, la merceria più antica della città, e di colpo mi tornava in mente la sua andatura, quel modo così particolare di muoversi, che la faceva sembrare sempre sul punto di cadere.

Acceleravo allora il passo, ma un senso di disfatta e di scialo mi attraversava in ogni direzione e finivo per sentirmi come si può sentire una striscia pedonale. Nonostante la sua ombra si allontanasse da me, giorno dopo giorno, non avevo mai smesso di cercarla in ognuna delle mie pazienti. Certi pomeriggi avevo l'impressione di riconoscere qualcosa di lei nella risata cristallina di un'anziana signora, o nel vestito a righe della ragazza che si sedeva sulla mia vecchia poltrona di pelle, nella linea allungata delle sue mani ancora giovani che si toccavano un anello davanti alla mia scrivania.

Le dicevo sempre che avrebbe dovuto studiare uno strumento musicale, con quelle dita. Mi rispondeva che non aveva orecchio. Non era vero: con me, non aveva sbagliato. Ero io quello da curare. E non avevo nessun poeta, nessun romanzo, che potessero restituirmi un amore perduto.

Quel pomeriggio, sbucai davanti all'acquario romano mentre transitava un corteo di rifugiati etiopi, eritrei, nigeriani. Il cielo continuava a essere di catrame, e la sua luce illividita congelava tutto. Ma camminare mi faceva bene: spesso mi ritrovavo per strade che non avevo mai percorso, senza perdermi mai per davvero.

I rifugiati protestavano contro gli sgomberi e le nuove delibere decise dal governo. Chiedevano di non essere sfrattati. Reclamavano alloggi per i senzacasa. Non volevano più essere costretti a cercare sistemazioni abusive o irregolari. Qualcuno sventolava dei cartelli.

NON SIAMO PACCHI POSTALI

PLEASE, HELP
STOP SFRATTI E SGOMBERI

NON SIAMO ESSERI ANIMALI, SIAMO ESSERI UMANI

BASTA SCHIAVI

Alcune donne cantavano.

Non avevo nessuno che mi aspettasse, era ancora presto e, senza volerlo, mi accodai a tutte quelle persone che sfilavano per via Principe Amedeo. In fondo ero un richiedente asilo anche io. Un forestiero in una città a cui non ero mai appartenuto del tutto.

Procedemmo per circa mezzo chilometro. Man mano che andavamo avanti, la manifestazione si ingrossava di altri diseredati. Indiani, bengalesi, tamil, con le loro camicie improbabili e i capelli di ossidiana.

Molti turisti osservavano dai marciapiedi, perplessi, come se non capissero se quello che stava passando davanti ai loro occhi fosse un carnevale o uno sciopero, incerti pure del luogo che erano venuti a visitare. Di Roma restavano le facciate dei palazzi, tutto il resto era Africa e Asia: Asmara, Dacca, Hong Kong, Calcutta, Dakar.

Un paio di fotografi corsero cento metri più avanti e si piegarono sulle ginocchia. Il loro movimento mi turbò. A metà della via cominciarono le provocazioni. Un drappello di giovani si affacciò da un balcone e un diluvio di insulti ci piovve addosso. Tornatevene a casa, gridavano. Morite per strada.

Alzai la testa verso di loro: al centro del balcone, insieme agli altri gesticolava anche l'uomo che era venuto a propormi la sua protezione e a cui avevo regalato una copia di *Piccolo blu, piccolo giallo*. Aveva detto di chiamarsi Mirko. Pure lui guardò nella mia direzione e da quel momento prese a fissare soltanto me, da principio con delusione, quasi per chiedermi: Che cosa ci fai, tu, là in mezzo, poi con un disprezzo sempre maggiore, come se non ci fosse più niente intorno a noi, e ogni parola, ogni offesa, ogni attacco, fossero destinati a me e a nessun altro.

I manifestanti sventolarono i cartelli che portavano al collo e risposero agli insulti cantando, per sommergere quelle voci con un coro compatto e sonoro. Mi unii a loro, anche se non sapevo cosa stavo urlando, e svoltammo verso la piazza della stazione, dove aspettavano le associazioni che da anni si occupano dei senza fissa dimora.

Ma i volontari non erano gli unici in attesa.

Il primo autoblindo ci venne incontro spostandosi con lentezza, come un intruso che si fosse nascosto fino allora tra gli autobus fermi alle pensiline e soltanto alla nostra vista avesse deciso di uscire allo scoperto. Dietro, una decina di agenti antisommossa con gli elmetti calati marciavano gomito a gomito protetti dagli scudi. Improvvisamente, dalla torretta dell'autoveicolo roteò un idrante. Non si sentì nessun rumore, soltanto quella vibrazione da coleottero. Il primo getto colpì la testa del corteo.

Una donna si arrestò al centro della strada, sicura che i suoi fianchi larghi la rendessero insuperabile. L'idrante oscillò, poi prese la mira e concentrò sul suo petto tutta la forza dell'acqua.

La donna fu sbalzata da terra come una cartaccia sollevata da un colpo di vento e cadde con violenza all'indietro. Qualcuno inciampò su di lei. Gli altri fuggirono istintivamente e andarono a urtare con chi camminava alle loro spalle.

Un terzo getto, più forte dei primi due, si allargò sulla folla impaurita sollevando un muro di spruzzi dappertutto. L'acqua arrivò fino a me e mi inzuppò la giacca. Un'altra squadra di agenti disposti a falange sbucò dall'incrocio. Non ci lasciarono il tempo di organizzarci. La carica fu rabbiosa e il panico ci spinse da ogni lato.

La maggior parte dei manifestanti corse dentro la stazione, travolgendo tutto quello che incontrava, dai trolley dei viaggiatori agli studenti di passaggio ai conducenti dei taxi che fumavano sul bordo del marciapiede, mentre i manganelli si abbattevano sulla schiena di chi rimaneva indietro o scivolava. Qualcuno, dopo il primo iniziale sconcerto, si riparò dietro un'auto e rispose all'assalto tirando ferri e sassi. Altri cercarono di scardinare gli specchietti dalle macchine o frugarono nei cestini in cerca di oggetti da usare.

Una bottiglia incendiaria scoppiò sulle strisce pedonali. Subito dopo andò in frantumi la vetrina di un ristorante cinese. Un ragazzo, paralizzato nel mezzo della strada, si coprì con le mani le orecchie, finché l'autoblindo non ricominciò ad avanzare e a sparare acqua anche contro di lui. Alcuni uomini alzarono le mani e si misero in ginocchio, ma non servì a niente. Uno di loro rimase sull'asfalto e quattro agenti lo trascinarono via dai piedi. Un paio di sirene risuonarono vicine.

Sotto la galleria che portava ai binari, la gente aveva lasciato dietro di sé un caos di buste e bagagli. Anch'io ero scappato da quella parte, verso le scale mobili. I gradini erano così affollati da non credere che una folla così vasta e spaventata potesse muoversi tanto veloce. Ma fu un miracolo se nessuno perse l'equilibrio.

Senza avere il tempo di capire, raggiunsi la parte sotterranea della stazione e mi fermai parecchi metri più avanti. Intorno avevo soltanto sguardi disorientati. Un uomo si teneva intorno alla testa un panno sporco di sangue. Una signora piangeva. Un passante mi chiese cosa fosse successo, ma avevo i polmoni in apnea, e comunque non avrei saputo rispondere.

Tutto era stato fulmineo e ingovernabile. L'urto, poi lo sbandamento, l'ondata di piena, la frantumazione del corteo. Come se un dio biblico fosse sceso sulla città e avesse disperso e sconvolto tutti i popoli che la abitavano *in modo che non s'intendessero più gli uni con gli altri.*

Mi piegai sulle gambe. Da sopra arrivavano altre grida, altri boati. Non avrei voluto più muovermi da lì. Venisse pure un altro diluvio, e sommergesse tutto, e mi trascinasse via come un tronco di legno. Rimasi fermo in quella posizione finché una mano mi strattonò le spalle. Era piccola e spaventata e la bloccai con la mia.

Scattai in piedi. Feng stava tremando. Anche lei aveva i vestiti bagnati: un'impronta rossa le macchiava la guancia, come se avesse ricevuto una gomitata o una botta. Non ci dicemmo nulla, ma riprendemmo a correre sotto i binari, con le forze che ci restavano, lungo i tapis roulant, il sottopasso, le altre scale.

La pancia della stazione era quella di uno scarabeo gigantesco. Finalmente uscimmo alla luce in una zona tranquilla, in fondo a via Giolitti. A mezzo chilometro di distanza gli scontri duravano ancora. Attraversammo la strada e ci inoltrammo nel quartiere.

Dieci minuti dopo salivamo le scale della mia soffitta. Chiudemmo la porta a chiave dietro di noi, ma senza calmarci ancora. Feng mi appoggiò i pugni sul petto e iniziò a batterli con una disperazione strozzata. La strinsi e aspettai che si sfogasse. Ma lei continuò, mi sfilò la giacca, la camicia, poi si tolse il vestito.

Ci sdraiammo a terra e cominciammo a fare l'amore con una rabbia che non voleva spegnersi, e i corpi sudati di due fuggiaschi che non avevano smesso di scappare. Quello non era più un patto di alleanza tra due amici, ma un amore furioso e senza gioco, come se non ci fosse più tempo per rimediare allo sconforto di tutto, e nient'altro oltre a quell'affanno, a quel senso di dissipazione, di scompiglio, di sbalordimento. Come se non avessimo mai percepito così lucidamente, anche tra di noi, la babelica incomprensione che divide tutti gli esseri umani.

Alla fine, crollammo sfiniti uno sopra l'altra, ripetendo sulle labbra ferite il nostro nome.

Y

On pleure les lêvres absentes

Giovanna Baldini entrò nella mia monocamera senza quell'aria diffidente da ufficiale giudiziario che aveva avuto la prima volta. Anzi, quasi sorridendo. Non si era fatta pregare, al telefono, e per l'occasione notai che aveva scelto un tailleur vintage a scacchi, in puro tweed.

Ora mi fissava, curiosa e piena di speranza, dalla poltrona di pelle sulla quale sedevano tutte le mie pazienti, aspettando di sapere perché l'avessi convocata.

Prima di iniziare a parlare, temperai la punta di una matita. Anche l'aria della stanza, quel pomeriggio, si fece più spigolosa e asciutta.

Non mi tenga sulle spine, disse la signora Baldini, dopo un breve silenzio.

La guardai negli occhi, ma inutilmente. Non sono gli occhi, a screditare i bugiardi, ma la voce. E a risentirla, la sua voce, capii che non mi piaceva, che non mi era mai piaciuta.

Ha trovato allora il libro che cercavo?

Mi rincresce, non sono venuto a capo di niente.

L'onda della delusione le attraversò il viso. Si stirò la gonna, poi sollevò verso di me uno sguardo contrariato.

Mi ha fatto salire fin qui soltanto per dirmi questo?

Sì, signora, confermai. Ho pensato che meritava comunque una risposta.

Poteva risparmiarsi la premura.

Non volevo liquidarla con una semplice telefonata.

Aprì il borsellino che aveva nella borsa, come per cercare qualcosa, poi lo richiuse.

È sicuro che non le serva altro tempo?

Sì, sarebbe inutile. E poi temo che la malattia di suo fratello, nel frattempo, sia progredita, non è così?

Aveva individuato almeno qualche indizio?

No, il campo da gioco è troppo sterminato. Ma, insisto, non credo che per lui faccia più differenza: qualsiasi altro libro poteva andare bene per essere letto a voce alta.

Che ne pensa dell'elenco telefonico?

Quella frase le uscì sprezzante e rabbiosa, prima che potesse controllarla. L'avevo innervosita. Diedi un altro giro al mio vecchio temperino di metallo.

Suggerirei *L'isola del tesoro*, dissi con calma. Da poco è in commercio una nuova traduzione a cura di uno dei nostri migliori scrittori contemporanei, precisai con una volontaria pedanteria. Per Sciascia non c'è felicità più grande che tornare a quel libro, da adulti.

La signora Baldini mi osservò interdetta.

Guardi, facciamo così: una copia dovrei averla qui, da qualche parte.

Mi alzai e mi misi a frugare tra i miei libri. Erano sempre più disordinati, ma il romanzo di Stevenson lo tenevo coricato sul dorso nel palchetto che avrebbe dovuto raccogliere le storie di mare più famose, da *Robinson Crusoe* a *Tifone*. Forse avrei dovuto inaugurare un altro quadernetto, pensai, e chiamarlo *Naufragi*.

Ecco, dissi, può prenderlo lei. Mi sembra il minimo che possa fare, per ripagarla di tutto il tempo e i soldi che le ho fatto perdere. E anche per avermi fatto visitare la biblioteca di suo fratello.

Giovanna Baldini poggiò quel piccolo volume sulle gambe, senza concedergli un'occhiata.

Mi sedetti di nuovo alla scrivania.

È proprio vero, continuai distrattamente, che i romanzi cambiano di significato a seconda dell'età in cui si leggono. Da ragazzi siamo tutti un po' come Jim Hawkins: abbiamo 14 anni, ci affascinano i bauli chiusi, le avventure dei pirati, i pappagalli parlanti. Poi le cose prendono altre strade, non è così, signora? In qualche modo imperfetto si finisce per crescere.

La signora Baldini si fece più attenta.

Sa che cosa farei, adesso, se entrassi in possesso di una mappa che mi dicesse dove è nascosto un tesoro leggendario? La strapperei in cento pezzi per non correre il rischio di farla cadere in mano a qualche filibustiere.

Non c'era altro da dire.

La mia ospite poggiò il libro di Stevenson sulla scrivania, allargò le mani, e si tirò su con una certa stanchezza.

Avrei preferito un finale diverso.

Anche io.

Deduco che non potrò sperare di avere più nessuna collaborazione da parte sua, chiese ancora prima di avviarsi alla porta.

Non le risposi. Sentii la serratura della porta scattare come un commiato inevitabile. Non l'avrei più rivista.

Uscii poco dopo e camminai fino ad avere le gambe doloranti. Avrei voluto catalogare ogni cosa che vedevo: la frutta esotica nelle cassette di legno fuori dagli alimentari, le vetrine dei negozi cinesi e tutto quello che contenevano: gli alambicchi per le pipe, le vaschette di noodles, le scatole con su scritto Pocket Size Megaphone. E le insegne di tutti i parrucchieri che popolavano il quartiere, le tabaccherie, gli ombrelli, le candele alla cannella, l'odore di pollo tandoori che impregnava ogni strada.

Ma il mondo non si lasciava più inventariare. O forse io mi ero distratto troppo a lungo e adesso gettare ogni sguardo mi stordiva.

Entrai nella vecchia caserma che ospitava l'università, e salii all'ultimo piano, fino alle stanze dei docenti, ma quella di cinese era chiusa. Due file di armadi di metallo piene di libri occupavano il corridoio. Chiesi a qualche ragazzo seduto lì per terra, ma non seppe dirmi niente. Tornai giù e provai all'Istituto Confucio, ma non ottenni nessuna informazione utile neppure lì.

Mi andai allora a sedere sotto la strana scultura dove avevo incontrato Feng la prima volta, e presi il telefono dalla tasca. Inutilmente, perché il suo numero non lo avevo memorizzato.

Per la prima volta mi resi conto di avere varcato un confine. La linea che separa le cose inventate da quelle autentiche. Il caso dalla violenza. L'ingiustizia dalla responsabilità. L'amore dalle coincidenze. Ora sapevo che era vera ogni parola che si pronuncia e si scrive o si dimentica, e che si dovrebbe sempre giustificare. Erano veri tutti gli insulti e tutti gli abbracci degli ultimi anni, tutti i ricordi che avevo perso, tutti i segreti nascosti negli sgabuzzini delle biblioteche. Erano veri i passi ripetuti all'infinito da un uomo nei corridoi di un sanatorio, e ogni storia incisa in un libro.

Sollevai il cellulare e senza pensarci cominciai a scattare delle foto. Con una rabbia sempre crescente. Il mondo non aveva smesso di cambiare, ma da troppo non alzavo più la testa per accorgermene.

Fotografai un nero con le cuffiette sdraiato sul marmo. Due studentesse che si allontanavano verso il mercato. Una signora indiana con un giubbotto bianco. Poi smisi anche di fotografare. Andai sulle impostazioni del telefono e cancellai tutto ciò che la sua memoria conteneva. I messaggi ricevuti. I metri percorsi a piedi in una settimana. Le password della posta elettronica.

La rubrica decisi di eliminarla con un solo comando insieme alle ultime prove della mia esistenza. E quando ebbi svuotato quell'oggetto di ogni informazione che mi riguardava, lo lasciai lì, dov'ero seduto, e uscii dal giardino.

Il lembo di un manifesto che incitava all'odio razziale sbatteva al vento, contro un muro. Ne strinsi l'angolo con due dita e lo tirai via per sentire che rumore faceva, che rumore fa la realtà quando si strappa.

Quella notte sognai di nuovo il treno, ma lo scompartimento si era svuotato. A osservarlo per bene, non somigliava più a un vagone ferroviario ma a una piccola stanza d'albergo. Aveva un aspetto desolante: una branda appoggiata da una parte, la cesta di un gatto, un tavolino in fondo. L'intonaco delle pareti era scrostato in più punti e sul tavolino c'erano la vaschetta tonda di un pesce rosso e una voliera con un pappagallo. Per terra, solo una cartella di pelle, piena di fogli, e al centro della stanza una sedia a dondolo.

Io mi toglievo il cappello che avevo sulla testa, fissavo il chiavistello alla porta, ricoprivo uno specchio con la giacca, poi prendevo la cartella, mi sedevo e la sistemavo sulle gambe. Avrei potuto anche addormentarmi. Se non fosse apparso all'improvviso quell'uomo in divisa, davanti a me. Da dove era entrato?

Portavo le mani alle tasche, ma sapevo già che il mio biglietto non era valido perché non ricordavo più che nome dovessi scriverci. Soltanto a quel punto l'uomo si toglieva la benda nera dall'occhio e, come in uno specchio, riconoscevo in lui la mia stessa faccia di un Buster Keaton magro, sfiorito e senza speranza.

Pensai che ci si può mettere al riparo da tutto, ma non da se stessi.

Z

De toutes ces belles passantes
Que l'on n'a pas su retenir

E ora eccomi qui, in questa birreria dove torno da una settimana a sorvegliare il marciapiede senza dare nell'occhio.

Chissà quante volte, il vecchio, ci sarà passato davanti, gettando uno sguardo distratto ai due ballerini dipinti sul vetro. Chissà dopo quale dolore, quale imboscata, il suo passo aveva iniziato a vacillare, come quello di Griffith. Se era stato per un libro, per una parola che non era riuscito a decifrare, per una chiave rotta.

Ho avuto molto tempo per pensarci, al terrore che danno le corde alle spalle, ma anche alla voglia di abbandonarsi, di farsi massacrare, senza più nessun anello da nascondere nella fessura di un muro, nessun libro da mettere in salvo, nessuna cartolina da scrivere. Così, oggi, ho aperto un nuovo quaderno e ho cominciato a scriverci sopra i nomi dei miei vecchi alunni. Tutte le spiagge che ho visto da bambino. E come suonava la voce di chi giurava che nonostante tutto avevo il cuore tenero, e ostinato. Tanto ostinato da credere che sarebbe arrivato per davvero un taxi, dall'altro lato della strada, un taxi bianco proprio come quello che si sta fermando ora.

La donna che ne scende è esattamente come l'avevo immaginata, tanto che mi viene il sospetto di averla partorita io stesso, adesso, su questo foglio. Porta una borsa, sulla spalla. Deve essere stata una di quelle donne che non hanno mai avuto bisogno di orpelli. Se ne sta lì, a controllare un numero civico, stretta nel soprabito, come se non fosse certa di essere arrivata nel posto giusto o avesse paura di citofonare.

Non riesco a smettere di guardarla, di osservarne ogni movimento, ogni indecisione, quello stare in bilico per me così riconoscibile tra un impaccio e una sventatezza fuori stagione. Dico al ragazzo tatuato della birreria che la persona che aspettavo è finalmente arrivata. Mi alzo e attraverso la strada con la consapevolezza di avere una commissione da sbrigare, ma una sola, irreale, possibilità di farlo.

Quando la donna si accorge di me, si fa da parte, per lasciarmi passare. Però esita un momento, come se volesse rivolgermi una domanda indiscreta. Scusi, abita qui, per caso? Mi sono persa, mi può aiutare?

La anticipo.

Cerca un uomo che vive in questo palazzo?

I suoi occhi tradiscono la sorpresa.

Posso offrirle una birra o qualcos'altro da bere? La sto aspettando da giorni.

La sua meraviglia aumenta, ma sa controllarsi. Mi segue senza protestare. Spingo la porta della birreria e mi dirigo verso il tavolo accostato alla vetrata. Sposto una sedia, la invito a prendere posto. Cerco di farlo con una cauta grazia.

Si toglie il soprabito, lo appende, poi posa la borsa sullo schienale.

Le va un bicchiere di vino?

Non rifiuta. Chiamo il ragazzo magro e ordino due calici di chardonnay.

Siamo l'uno di fronte all'altra.

In questi giorni ho pensato a lei come a un fantasma, le dico. Non ero certo che l'avrei incontrata. Per la verità, non ero certo che esistesse. Per me era soltanto un'ipotesi.

La donna mi guarda ancora confusa.

Non voglio sapere come si chiama, non mi interessa. Le chiedo soltanto se il suo nome inizia per D.

Arriva il vino e iniziamo a sorseggiarlo.

La osservo meglio. Da così vicino dimostra tutti gli anni che ha, ma non ha perso niente del suo fascino.

Sì, il mio nome inizia per D. Ma lei chi è?

Sono solo un ospite involontario di questa storia, dico, anche se avrei potuto risponderle un fantasma, come lei.

Mi deve dare una brutta notizia?

Cerco le parole giuste, ma non so da dove iniziare.

Fabrizio è morto?

Che il vecchio si chiamasse così l'avevo letto fuori dalla stanza della casa di cura: sua sorella questo nome non l'aveva mai usato.

No, ma da qualche mese è ricoverato in un centro di degenza per malati di Alzheimer.

Mi fissa senza abbassare lo sguardo. Sono bastate queste parole per cancellare per sempre il Fabrizio che conosceva lei e che aveva trattenuto con sé fino a quel momento.

La donna beve un altro sorso.

Temevo che gli fosse successo qualcosa.

Da così tanto non aveva sue notizie?

Non mi aveva più scritto, e il telefono lo detestava. Speravo sempre di vederlo apparire all'improvviso, sotto la mia casa, a Genova. Ma era già successo altre volte che scomparisse per mesi, anche se mai così a lungo.

I suoi occhi sembrano avere cambiato colore.

Non so come spiegarlo, eravamo ormai assuefatti alla nostra assenza.

Da quanto tempo vi conoscevate?

La donna sfoggia un sorriso disarmato.

Da quando eravamo ragazzi. Ma non sapevamo nulla della vita, e la vita ci ha diviso prima che potessimo capire quanto fossimo legati. Io sono stata sposata, sono diventata madre, mi sono separata, ho avuto altri uomini. Eppure con Fabrizio siamo sopravvissuti anche ai nostri amanti.

Fa una pausa.

Non avevamo bisogno di sentirci tutti i giorni, soprattutto da vecchi. Sapevamo che se fosse stato necessario, ci saremmo sempre stati, l'uno per l'altra. Come vede, siamo solo dei relitti di un altro secolo. Ma

ci scrivevamo, sa?, delle lunghe lettere, a mano, periodicamente.

Delle lettere?

Sì, lo abbiamo fatto per tutta la vita. In fondo, la nostra storia è stata un interminabile epistolario durato
più di cinquant'anni. Un epistolario particolare, però.

Particolare in cosa?

Fu un gioco, all'inizio. Fabrizio aveva letto un romanzo, e gli era piaciuto così tanto che aveva sentito il bisogno di trascriverne una parte e inviarmela.

Si ricorda che romanzo fosse?

Sì, certo, ma mi perdoni se non le dico l'autore e il
titolo, mi sembrerebbe di tradire un segreto.

Capisco.

Io gli risposi con la pagina di un altro libro. Lui ci
pensò un po', attese qualche giorno, poi mi spedì un'altra lettera che conteneva le frasi di un terzo libro ancora. Dopo qualche passaggio, divenne quasi un'abitudine involontaria.

Vi siete sempre scritti in questo modo?

Sì, il nostro è stato un epistolario di seconda mano.
Da fuori poteva sembrare la corrispondenza di due
appassionati lettori. Ma era un'altra cosa. Avevamo creato un codice. Sapevamo entrambi che usavamo le voci degli altri per dirci quello che non avevamo il coraggio di pronunciare.

Non rischiavate di incappare in qualche equivoco?

Ogni volta era una scommessa, un piccolo enigma.
Ci mettevamo a nudo e al tempo stesso ci nasconde-
vamo. Ma alla fine era tutto così chiaro, le assicuro, non

si poteva sbagliare. Posso pure dire con orgoglio che non ci siamo mai ripetuti. Abbiamo avuto infiniti modi per tradurre e definire i nostri sentimenti.

Provo a immaginare l'intensità di quelle lettere. Che misto di riserbo e imprudenza dovevano essere state.

Questa è stata la natura della nostra relazione, può crederci o no. Ma non sempre i libri che leggevamo corrispondevano a tutto quello che avevamo necessità di esprimere, e allora ne andavamo alla ricerca con una furia clandestina. Ogni volta che trovavamo le parole giuste – e sono sicura che questo valeva pure per lui – le riconoscevamo al primo sguardo, come se le avessimo scritte nel momento stesso in cui i nostri occhi le sceglievano. Fabrizio è stato il destinatario segreto e l'ombra di tutte le mie letture. Crede che si possa vivere qualcosa di più intimo?

Beve un altro sorso, poi si asciuga la bocca con un tovagliolino di carta.

Mi chiedevo soltanto quando sarebbe finita.

È per sapere questo che è venuta qui?

Sono giorni che mi sveglio piena di inquietudine. Una premonizione, la chiami come vuole. Prima di Natale, Fabrizio mi aveva fatto recapitare un bigliettino in cui mi ordinava di non cercarlo perché sarebbe stato inutile, non lo avrei più rivisto.

Era di suo pugno anche quello?

No, solo un rigo stampato da un computer. Non mi aveva offeso per la sua laconicità, ma per quell'aria impersonale. Tuttavia non lo avevo preso sul serio. Non sarebbe stato possibile, per nessuno di noi due, staccarsi del tutto. Non ci eravamo riusciti neppure da giovani, quando si ha più forza anche per lasciare. Doveva esserci un'altra ragione.

E così, poiché la sua casella postale restava vuota, ha deciso di venirlo a cercare.

Mi sono forzata. A Roma non mi aveva mai voluto, ma per me era sempre stato evidente che qui avesse un'altra donna, una famiglia. Quando poco fa è venuto verso di me, e ho visto la somiglianza, ho capito: sei suo figlio, vero?

La sua domanda mi prende alla sprovvista. Non avevo mai pensato di somigliare al vecchio, ma, per quanto sia assurdo, su questa questione non posso avere la certezza di nulla.

No, signora, no, mi affretto comunque a rispondere.

La donna accenna un sorriso, come per scusarsi.

Avrei dovuto fidarmi di più del mio istinto, e muovermi prima.

Termina di bere il vino.

Le sembrerà strano: la nostra confidenza non ha avuto limiti, eppure ci mancavano le informazioni più semplici, quelle elementari.

Aspetto che posi il bicchiere sul tavolo, poi apro lo zaino e tiro fuori il libro che ho trovato nella stanza segreta della biblioteca.

Credo che questo sia per lei.

Per me?

Allunga la mano incerta e tocca la copertina che è stata tagliata con molta cura e riutilizzata per ospitare altre pagine. Sfiora la costa. I piccoli buchi incisi sul bordo. Le cuciture e i nodi del nastro. Poi solleva lo sguardo per chiedere Che significa?

Lo apra, la prego.

Prende il volume e inizia a sfogliarlo. La grafia del primo foglio somiglia a quella di un bambino. Legge l'attacco balbettante di qualche periodo, si ferma sopra una frase. Alcune sono intraducibili, ricopiate in una moltitudine di lingue straniere.

Eccolo lì, il libro-biblioteca, il catalogo dei cataloghi a cui avevo dato la caccia per tutte quelle settimane. L'ultimo racconto d'amore d'un demente nell'ora degli spettri.

L'avrei dovuto immaginare dall'inizio che era quello il capolinea della mia indagine, l'unica eredità messa da parte dal vecchio. Una lettera d'addio scritta in tutti gli alfabeti del mondo. Fabrizio Baldini sapeva che la sua memoria aveva già cominciato ad autodistruggersi e che il decorso della malattia sarebbe stato molto veloce, così era rimasto fedele al loro antico espediente. Per una lettera sua non ci sarebbe stato più tempo. Se pure fosse riuscito a terminarla, non avrebbe senz'altro voluto che cadesse nelle mani di sua sorella o di uno sconosciuto come me. Così, adesso che aveva per davvero perso tutte le parole, era tornato a prendere in prestito quelle degli scrittori che aveva amato di più.

Sulla prima pagina, aveva riportato la fine di *Lettera a D.* di André Gorz:

Hai appena compiuto ottantadue anni. Sei sempre bella, elegante e desiderabile. Sono cinquantotto anni che viviamo insieme e ti amo più che mai. Recentemente mi sono innamorato di te un'altra volta e porto di nuovo in me un vuoto divorante che solo il tuo corpo stretto contro il mio riempie.

La donna il cui nome iniziava per D. passa un dito sulla carta. Ciascuna parola contenuta lì dentro deve avere con lei un alto grado di parentela, risuonarle come una lingua madre.

Riprende a sfogliare il resto delle pagine, con una lentezza lancinante. Distolgo gli occhi, ma a ogni rigo la sento sussultare. Aspetto che arrivi in fondo. Gli ultimi fogli sono sempre più vuoti: qualche verso isolato di un poeta, qualche titolo, poi soltanto uno spazio bianco.

Chiude il libro e aspetta un minuto prima di rivolgermi una domanda a cui non so rispondere.

Come ha fatto, a capire?

Le devo una spiegazione, ma non trovo la forza.

Fabrizio mi aveva giurato di non avere detto a nessuno della nostra relazione, insiste lei, e aveva preteso da me altrettanto. Qualcuno forse, un tempo, aveva pure sospettato di noi, ma ormai non esiste più un essere umano che ne sia a conoscenza.

Provo a riassumere.

Ha continuato a ripetere delle frasi. Ossessivamente. La sorella credeva che si trattasse di una specie di indovinello. Lo scherzo finale di un uomo che con la sua intelligenza aveva sempre voluto prendersi gioco di lei e di chiunque altro. Si era convinta che avesse messo da parte una fortuna smisurata. Correvano voci: sette milioni di euro, sussurravano le donne di servizio. Ma nessuno aveva idea di dove li avesse nascosti. La sorella aveva soltanto intuito che quelle frasi sopravvissute alla sua malattia provenivano da un libro. E che quel libro contenesse la soluzione di tutto. Per questo si è rivolta a me, che di mestiere curo la gente con i romanzi, perché lo trovassi. Non volevo accettare, e di fatto non ho mai accettato, poi però sono andato alla Villa. Ho incontrato Fabrizio. Ho messo insieme le sue parole senza senso. E qualche settimana dopo mi sono perso dentro la sua biblioteca, fino a raggiungere una stanza segreta.

Ordino altri due bicchieri.

In parte era vero, aveva messo da parte un mucchio di soldi, ma li aveva spesi tutti nelle librerie d'antiquariato. La sua biblioteca vale un capitale. Ma la sorella e il marito non la erediteranno, perché l'ha destinata all'Istituto della Compagnia di Gesù. Neppure riceveranno la casa, non era di sua proprietà. Aveva abbastanza pensioni per permettersi di pagare l'affitto. A quanto ne so, non credo che esistano altri testamenti all'infuori di quello che ha tra le mani.

Forse non avrei dovuto usare quel termine, ma non c'era altro modo per dirlo. Non sono che il notaio delle ultime volontà di un vecchio, in un tardo pomeriggio romano.

I malati di Alzheimer, mi ha detto un dottore, all'inizio sono come le luci di Natale: si accendono e si spengono. Eppure Fabrizio è stato più ingegnoso del morbo che lo ha attaccato. Sapeva che ogni amore è destinato prima o poi all'afasia. Ma finché ha conservato la coscienza, anche se in modo intermittente, ha messo in salvo dallo scempio in arrivo un solo ricordo, il suo ricordo più caro, prima che fosse troppo tardi. E questo ricordo era lei.

Adesso è la donna a girare lo sguardo da un'altra parte. Dalla borsa tira fuori un fazzoletto merlettato.

Mi ci accompagnerà? dice dopo un lungo silenzio.

Sono sicuro che lui preferirebbe che lo ricordasse per quello che era, non per come è diventato. Non gli lasciano tenere gli occhiali, forse non gli avranno tagliato nemmeno la barba. Se lo vuole incontrare davvero, rilegga i libri che amava.

Osserva ancora tutti quei fogli cuciti insieme che tiene nelle mani.

I giapponesi hanno dato uno strano nome a chi muore di dispiacere, dice. Sembra un infarto, ma è un'altra cosa, e spesso accade alle donne quando perdono una persona amata. Lo chiamano tako-tsubo. Perché il cuore diventa simile all'ampolla con cui i pescatori catturano i polipi: un'anfora dove si deposita tutto il dolore. Me lo ha insegnato Fabrizio.

Fuori, si accendono le prime luci della strada.

Chissà, anche se in luoghi distanti, ce ne andremo lo stesso giorno: era la nostra speranza più grande.

Terminiamo di bere. Chiedo il conto e pago il vino. Il mio compito è finito.

Si alza senza dire più niente, stacca il soprabito dal muro, rimette la borsa sulle spalle. Non so definire il suo sguardo di congedo. È pieno di pudore, per me che conosco il suo segreto, ma anche di riconoscenza, o forse non ha più a che fare né con il pudore né con la riconoscenza. È lo sguardo di tutte le donne che è stata, e anche dell'ultima che si avvia a essere, dopo questa sera.

Vorrei seguirla, fermarmi con lei, ascoltare tutto quello che non mi ha raccontato. Ma non si possono raccontare le cose che non sono state. È per questo, in fondo, che avevo capito.

La vedo uscire, chiamare un taxi, salirci sopra.

Mi tiro su anch'io. Sul tavolo ha dimenticato il fazzoletto. Penso che potrebbe essere quello della spettatrice solitaria dell'acrobata di Soriano. E che questo è ancora il quartiere degli alchimisti e delle apparizioni. Ma, ormai, solo per errore.

Fuori ha appena cominciato a piovere. Non sento il bisogno di coprirmi. Passo davanti al sanatorio. Il muro esterno del giardino è ricoperto da una spalliera di fiori appena sbocciati. Ne viene un profumo acre e violento. Lo costeggio camminando con svogliatezza, sotto l'acqua, e un passo dopo l'altro, un verso dopo l'altro, inizio a recitare una poesia che ho imparato al liceo:

Aprile è il più crudele dei mesi, fa nascere
lillà dalla terra secca, e confonde
memoria e desiderio.

Deve essere l'ora della cena perché le luci del primo piano sono accese. Giro la curva, e non le vedo più.

A casa Django mi fa così tante feste, senza un guaito, come sempre, che ho il dubbio di non essere stato via soltanto per poche ore. Hanno ragione i cani a non misurare il tempo come lo misurano gli uomini: oggi è stato un giorno molto più lungo degli altri.

Mi tolgo gli abiti bagnati, accendo la radio e mi stendo per terra a guardare il soffitto.

La signora Doliner sorseggiava un gin tonic ai petali di rosa nello stesso tavolino dove ci eravamo visti qualche mese prima. Aveva finalmente smesso di piovere e per la prima volta, dalla fine dell'inverno, la basilica era illuminata da un'altra luce. Come nelle occasioni precedenti, era vestita senza fronzoli e non era truccata. Ma al pari della donna il cui nome cominciava per D. continuava a beneficiare di una innata eleganza. Forse era il modo in cui sapeva tenere alto lo sguardo. Forse la sfuggente malinconia che la circondava. La vita sembrava averla prosciugata. Magra, i capelli grigi, le braccia nervose. Eppure l'aria era sempre quella di chi sfida e non si nasconde.

Mi scusi, non volevo farla aspettare, dissi accomodandomi sulla sedia di fronte.

Sono io che sono arrivata in anticipo: ho sempre avuto questo vizio. Cosa prende?

Mi vergognai di chiedere un analcolico. Nell'ultimo poliziesco che avevo letto c'era un personaggio che ordinava sempre la stessa bevanda.

Un Tom Collins.

Suonava bene, ma non avevo idea di cosa fosse.

La signora Doliner si accese un'altra sigaretta e mi guardò, curiosa.

Allora, è pronto per un contratto a lungo termine?

Estrassi una sigaretta anch'io, con calma.

Se me lo avesse domandato qualche giorno fa, le avrei detto che questa città mi ha stancato e le avrei restituito le chiavi.

Oggi che mi risponde, invece?

Che potrei provare a restare un altro po'.

Mi sembra ragionevole. Un anno le va bene, allo stesso prezzo?

È un tempo eccessivo.

Fin dopo l'estate, allora.

Lei è una donna determinata.

Curo i miei affari.

E crede davvero che io possa essere un buon affare, per lei?

Per me è un inquilino che non crea troppi problemi: è già tanto. Ma per lei stesso sì, direi che potrebbe diventarlo, un buon affare. Gabriel mi assicura che la clientela finora non le è mai mancata, anzi è addirittura in aumento.

Non lo avrei creduto. Ma non sono sicuro che i miei pazienti leggano i libri che prescrivo.

Forse i libri sono un pretesto.

Inizio a pensarlo anch'io, ma non so per cosa. Ho capito solo che la letteratura non c'entra nulla.

Magari la gente ha necessità di parlare.

Mi confessano di tutto: problemi, insicurezze, ambizioni, in qualche caso la loro intera vita. E hanno questa fiducia che un romanzo li possa aiutare.

A volte accade.

La storia più bella me l'ha raccontata un'attrice che si era ritirata dalle scene: in un periodo delicato e infelice della sua esistenza una volta era entrata in una libreria nel momento in cui, in fondo a un corridoio, cadeva un libro per terra. Ne aveva sentito il rumore e a voce alta aveva detto che quel libro era per lei. Il libraio l'aveva sentita, aveva raccolto il libro, l'aveva raggiunta e gliel'aveva consegnato. Si trattava del Visconte dimezzato *di Italo Calvino. Era caduto aperto sulla pagina in cui le due metà del visconte Medardo di Terralba vengono ricucite insieme da un dottore inglese. Per lei era stato importante. Un piccolo segno, una piccola speranza dopo tanta disperazione.*

Si vede che c'è bisogno di uno come lei.

Non faccio nulla, le giuro. Mi limito solo ad ascoltare.

E le sembra poco?

Le ho mai detto che lei ha un gran senso dell'ironia?

No, ma lo prendo come un complimento.

La signora Doliner rise. Arrivò un bicchiere pieno fino all'orlo, con una scorza di limone in cima. Lo assaggiai con prudenza.

Ho anche cambiato la targa sulla porta.

E cosa ci ha scritto?

Pronto soccorso letterario. *Mi perdoni, ma ho la sensazione di avere trasformato il suo appartamento in un piccolo ospedale da campo. Credevo fosse un gioco, al principio, una di quelle carnevalate che si rischiavano da ragazzi, ognuno con la sua maschera, il camice del medico, le parole d'occasione, e quel po' di scuse necessarie per vin-*

cere il pomeriggio. Adesso comincio ad avere una certa esperienza. Mi basta uno sguardo per classificare i miei pazienti per priorità e tipologia. Gli assegno un codice, uso il metodo del triage: bianco per i problemi di lavoro, verde per quelli di famiglia, rosso per l'amore e giallo per la salute. Mi sono anche fatto stampare un ricettario, con il mio nome sotto, la diagnosi, la cura.

Se pure fosse un gioco, sarebbe molto divertente.

Non lo è stato nemmeno per un'ora.

I bambini lo sanno bene che non c'è niente di più serio. Ma da grandi ce lo dimentichiamo.

Sì, forse è così.

E a una vecchia signora come me che cosa suggerirebbe, dottore?

Dovrei prima sentire la sua storia.

Le servirebbe molto tempo, allora.

Mi farà uno sconto sull'affitto.

Anche a lei l'umorismo non manca.

In realtà ero serissimo.

Sollevai il bicchiere. Non so cosa ci fosse lì dentro, ma iniziava a farsi sentire.

Per questa sera sia lei a consigliare a me un libro, dissi.

Io?

Sì, sarebbe bello, per una volta, ricevere un consiglio dagli altri. E sono sicuro che lei potrebbe darne molti.

La signora Doliner mi osservò interessata, ed ebbi di nuovo l'impressione di rievocarle qualcuno che aveva conosciuto in gioventù.

Ho letto troppo poco, ma, bòn, un libro mi piacerebbe suggerirglielo.

La prego.

Si intitola Il libro degli abbracci *e il suo autore si chiamava Eduardo Galeano. Sono brevi racconti, aneddoti, riflessioni, le pagine sono zeppe di disegni.*

Perché ha pensato proprio a questo?

Non ne ho nessuna idea.

Si sforzi.

Forse per l'epigrafe che lo apre.

Mi sta incuriosendo.

Sono soltanto due righe in cui Galeano spiega il significato della parola «ricordare».

È un verbo interessante.

Lo sa da dove viene?

No.

Dal latino re-cordis: vuol dire, letteralmente, ripassare dalle parti del cuore.

Pensai all'imperdonabile sciatteria con cui usiamo le parole.

Ci ho riflettuto molto, in queste settimane. Non poteva darmi un consiglio più indovinato.

Lo vede?

Cosa?

La letteratura c'entra sempre.

Lei dice?

Non sono mai stata una grande lettrice, e mi dispiace, ma alla mia età i libri non sono che un modo di tenere i conti con la memoria, signor Corso.

Buttai giù l'ultimo sorso del mio Tom Collins.

Fino alla fine dell'estate, allora.

Mi alzai.

Un momento, signor Corso, un momento, legga qui.

Mi porse il giornale che aveva ripiegato sul tavolo.

Due donne della mia età, una la conoscevo anche. Morte ammazzate, a due passi da qui. Comincia a essere un quartiere pericoloso, questo, dove vivere.

Mi tese la mano smagrita piena di anelli. La strinsi senza aggiungere nulla e tornai alla mia soffitta.

Appendice

La letteratura è nevrosi e per questo è
così essenziale alla cultura moderna,
proprio perché è il suo sogno, il suo
sintomo, la sua malattia.

GIORGIO MANGANELLI

I consigli di lettura di Vince

I promessi sposi, Alessandro Manzoni
(per immunizzarsi da tutti i cataclismi nazionali)

«Funés, o della memoria», in *Finzioni*, Jorge Luis Borges
Dialogo di M. Lodovico Dolce nel quale si ragiona del modo di accrescere e conservar la memoria (1562)
Thesaurus Artificiosae Memoriae, Cosimo Rosselli (1579)
Un'ombra ben presto sarai, Osvaldo Soriano
L'arte della memoria, Frances A. Yates
(per chi non riesce a ricordare)

Il fu Mattia Pascal, Luigi Pirandello
(per lo strabismo)

Il mio nome sia Gantenbein, Max Frisch
(per la cecità temporanea)

La montagna incantata, Thomas Mann
Un anno sull'Altipiano, Emilio Lussu
I demoni, Fëdor Dostevskij
Il freddo, Thomas Bernhard
Diceria dell'untore, Gesualdo Bufalino
Memorie di un malato di nervi, Daniel Paul Schreber
Racconti, Alberto Moravia
Sette piani, Dino Buzzati

La campana di vetro, Sylvia Plath
Qualcuno volò sul nido del cuculo, Ken Kesey
Padiglione di riposo, Camilo José Cela
La veranda, Salvatore Satta
Le nuvole, Juan José Saer
La versione di Barney, Mordecai Richler
(per chi ha la passione dei sanatori)

Respirazione artificiale, Ricardo Piglia
(contro l'afasia e la logorrea)

Le opere di Bertolt Brecht e Walter Benjamin
(per imparare a giocare a scacchi)

I libri di Cortázar, Borges, Bioy Casares
(per imparare a giocare a carte)

La vita e le opinioni di Tristram Shandy, gentiluomo, Laurence Sterne
(per guarire per sempre dall'ossessione della perfezione)

La metamorfosi, Franz Kafka
(per non guarire dall'incostanza)

Fuori fuoco, Chiara Carminati
(per la nomofobia)

La lingua salvata, Elias Canetti
(per guarire dal fascino degli alfabeti o innamorarsene perdutamente)

Turris Babel sive archontologia: qua primo priscorum post diluvium hominum vita, mores rerumque gestarum magnitudo, secundo turris fabrica civitatumque exstructio, confusio linguarum & inde gentium transmigrationis..., Athanasius Kircher
(per chi vuole costruire un grattacielo)

Mini-Mental State Examination
(per sapere se si è affetti da demenza)

Piccolo blu, piccolo giallo, Leo Lionni
(per vaccinarsi contro il razzismo)

Odissea
L'impostore, Javier Cercas
L'avversario, Emmanuel Carrère
Otello, William Shakespeare
Memorie, Giacomo Casanova
Pinocchio, Carlo Collodi
Il giovane Holden, J. D. Salinger
La coscienza di Zeno, Italo Svevo
La vera storia del pirata Long John Silver, Björn Larsson
Chiedi alla polvere, John Fante
(per imparare a dire bugie)

Lettere a un aspirante romanziere, Mario Vargas Llosa
Consigli a un giovane scrittore, Vincenzo Cerami
Pronto soccorso per scrittori esordienti, Jack London
Niente trucchi da quattro soldi, Raymond Carver
«Cattedrale» e «Perché non ballate?», in *Tutti i racconti*, Raymond Carver
E così vorresti fare lo scrittore?, Giuseppe Culicchia
Perché scrivere, Zadie Smith
(per chi vorrebbe imparare a scrivere oppure smettere)

Guerra e pace, Lev Tolstoj
(per ingannare il tempo nelle lavanderie a gettoni)

Auto da fé, Elias Canetti
(per abituarsi ad abitare nei sottoscala)

«La biblioteca di Babele», in *Finzioni*, Jorge Luis Borges

«Le visioni di Basilio», in *L'uomo invaso*, Gesualdo Bufalino
(per chi vuole lavorare in una biblioteca)

Nine, Ten and Out! The two Worlds of Emil Griffith, Ron Ross
(per imparare a incassare)

Musicofilia, Oliver Sacks
Il coraggio del pettirosso, Maurizio Maggiani
(per diventare intonati o restare felicemente stonati)

Lettere a Bruna, Giuseppe Ungaretti
Stoner, John Edward Williams
Un'ombra ben presto sarai, Osvaldo Soriano
Lettera a D., André Gorz
Il libro degli abbracci, Eduardo Galeano
(per non smettere d'amare)

Il visconte dimezzato, Italo Calvino
(per tornare a sentirsi interi)

Libri di poesia

Annali delle primavere e degli autunni
L'*Iliade* e l'*Odissea*
L'oblio è pieno di memoria, Mario Benedetti
Canti Orfici, Dino Campana
Tutte le poesie, Guido Gozzano
Il suono dell'ombra. Poesie e prose (1953-2009), Alda Merini
Il poeta è un fingitore, Fernando Pessoa
Poesie e canzoni, Vinicius de Moraes
Vita d'un uomo, Giuseppe Ungaretti
Poesie, Charles Bukowski
The lunatic, Charles Simic
La terra desolata, T. S. Eliot

Altri libri utili

Via col vento, *I tre moschettieri*, *I duellanti*, *Il Conte di Montecristo*, *L'isola del tesoro*, *Robinson Crusoe*, *Tifone*, *Il giovane Werther*, *Macbeth* e *Giulietta e Romeo*

La ballata del re di denari, *La trasmigrazione dei corpi* e *Segnali che precederanno la fine del mondo* di Yuri Herrera, *L'amore fatale* di Ian McEwan, *Fare un film* di Federico Fellini, *Conversazione in Sicilia* di Elio Vittorini, *Le lettere dal carcere* di Antonio Gramsci, *Se una notte d'inverno un viaggiatore* di Italo Calvino

La *Bibbia* come primo alfabetiere degli uomini e compendio di tutti i generi letterari

E, sempre, *El ingenioso hidalgo Don Quixote de la Mancha*

Piccola colonna sonora

Le vent nous portera, Noir Désir
On ira, Zaz
Chambre avec vue, Henri Salvador
Libertango, Astor Piazzolla
Caminito, Carlos Gardel
Que reste-t-il de nos amours, Charles Trenet (si segnala la versione italiana *Che cosa resta* con il testo di Gesualdo Bufalino, interpretata da Franco Battiato)
¾, Gianmaria Testa
Bix Beiderbecke
Per quel che vale, Paolo Conte
Desafinado e tutto quello che volete di Chico Buarque, Toquinho, Baden Powell, Sergio Endrigo e Vinicius de Moraes
Les passantes, Georges Brassens

Note

Il *caviardage* su Manzoni è di Antonella Fontana.

La cartolina che Vince scrive al padre nel capitolo B è una parafrasi di una poesia dello scrittore uruguyano Mario Benedetti: *No te salvès*.

Il racconto di cui Vince non ricorda né il titolo, né l'autore nel capitolo C è «Funés, o della memoria», in *Finzioni* di Jorge Luis Borges.

I versi alla fine del capitolo D sono di Guido Gozzano.

La definizione dell'Italia come paese blu di cui si parla nel capitolo L è di Ornela Vorpsi.

I versi in portoghese di Álvarez de Azevedo sono un'attribuzione erronea e falsa.

Lo scrittore americano che definì la mano destra di Griffith, nell'incontro con Paret, una mazza da baseball che demoliva una zucca fu Norman Mailer.

I versi citati nel capitolo W sono di Charles Simic e si possono leggere nella raccolta *The lunatic*.

Il poeta argentino che invitava a chiedersi sempre come suona un libro è Jorge Luis Borges.

La nuova traduzione dell'*Isola del tesoro* consigliata nel capitolo Y è di Michele Mari.

Il sogno ripetuto di Vince richiama liberamente l'unico cortometraggio che fu sceneggiato da Samuel Beckett, nel 1965, dal titolo *Film*, con Buster Keaton protagonista.

Il «Pronto Soccorso Letterario» è un marchio regolarmente depositato alla Camera di Commercio di Cagliari dall'associazione Liberos.

Ma come sempre, ogni storia è debitrice a una grande quantità di persone. E questa più di altre. Anche se non scrivo qui i nomi, per paura di dimenticarne qualcuno, tutte le mie amiche e i miei amici sanno quanto gli sia riconoscente.

Grazie, davvero.

F. S.

Indice

Ogni coincidenza ha un'anima

Prima parte

Seconda parte

Questo volume è stato stampato
su carta Palatina
delle Cartiere di Fabriano
nel mese di ottobre 2018

Stampa: Officine Grafiche soc. coop., Palermo

Legatura: LE.I.MA. s.r.l., Palermo

La memoria